LA PATIENCE DE L'ARAIGNÉE

DU MÊME AUTEUR
CHEZ POCKET

LES ENQUÊTES DU COMMISSAIRE MONTALBANO :

LA FORME DE L'EAU
CHIEN DE FAÏENCE
LE VOLEUR DE GOÛTER
LA VOIX DU VIOLON
LA DÉMISSION DE MONTALBANO
L'EXCURSION À TINDARI
LA PEUR DE MONTALBANO
LE TOUR DE LA BOUÉE
LA PREMIÈRE ENQUÊTE DE MONTALBANO
LA LUNE DE PAPIER
UN ÉTÉ ARDENT
LES AILES DU SPHINX
LA PATIENCE DE L'ARAIGNÉE

ANDREA CAMILLERI

LA PATIENCE DE L'ARAIGNÉE

Traduit de l'italien (Sicile)
par Serge Quadruppani
avec l'aide de Maruzza Loria

Fleuve Noir

Titre original :
LA PAZIENZA DEL RAGNO

Le papier de cet ouvrage est composé de fibres naturelles, renouvelables, recyclables et fabriquées à partir de bois provenant de forêts plantées et cultivées durablement pour la fabrication du papier.

ISBN : 978-2-266-17629-3

Avertissement du traducteur

L'œuvre littéraire d'Andrea Camilleri connaît dans son pays un succès tel, qu'on lui trouverait difficilement un équivalent dans le demi-siècle qui vient de s'écouler en Italie. Une bonne part de cette réussite tient à la langue si particulière qu'il emploie. En rendre la saveur est une entreprise délicate. Il faut d'abord faire percevoir les trois niveaux sur lesquels elle joue, chacun d'eux posant des problèmes spécifiques.

Le premier niveau est celui de l'italien « officiel », qui ne présente pas de difficulté particulière pour le traducteur : on le transpose dans un français le plus souvent situé, comme l'italien de l'auteur, dans un registre familier. Le troisième niveau est celui du dialecte pur : dans ces passages, toujours dialogués, soit le dialecte est suffisamment près de l'italien pour se passer de traduction, soit Camilleri en fournit une à la suite. À ce niveau-là, j'ai simplement traduit le dialecte en français en prenant la liberté de signaler dans le texte que le dialogue a lieu en sicilien (et en reproduisant parfois, pour la saveur, les phrases en dialecte, à côté du français).

La difficulté principale se présente au niveau intermédiaire, celui de l'italien sicilianisé, qui est à la fois celui du narrateur et de bon nombre de personnages. Il est truffé de termes qui ne sont pas du pur dialecte, mais plutôt des régionalismes (pour citer deux exemples très fréquents, *taliare* pour *guardare*, regarder, *spiare* pour *chiedere*, demander). Ces mots, Camilleri n'en fournit pas la traduction, car il les a placés de telle manière qu'on en saisisse le sens grâce au contexte (et aussi, souvent, grâce à la sonorité proche d'un mot connu). Voilà pourquoi les Italiens de bonne volonté (l'immense majorité, mais on en trouve encore qui prétendent ne rien comprendre à la langue « camillerienne ») n'ont pas besoin de glossaire, goûtent l'étrangeté de la langue et la comprennent pourtant.

Remplacer cette langue par un des parlers régionaux de la France ne m'a pas paru la bonne solution : soit ces parlers, tombés en désuétude, sont incompréhensibles à la plupart des lecteurs (et il semblerait bizarre de remplacer une langue bien vivante et ancrée dans les mots de la Sicile d'aujourd'hui par une langue morte), soit ce sont des modes de dire beaucoup trop éloignés des langues latines (un Camilleri en ch'timi aurait-il encore quelque chose de sicilien ?). Il a donc fallu renoncer à chercher terme à terme des équivalents à la totalité des régionalismes. Le « camillerien » n'est pas la transcription pure et simple d'un idiome par un linguiste, mais la création personnelle d'un écrivain, à partir du parler de la région d'Agrigente. Et cependant, si toute vraie traduction comporte une part de création littéraire, le traducteur doit aussi éviter de disputer son rôle à l'auteur : il était hors de question d'inventer une langue artificielle.

Pour rendre le niveau de l'italien sicilianisé, j'ai donc placé en certains endroits, comme des bornes rappelant à quels niveaux on se trouve, des termes du français du Midi. D'abord, parce que le français occitanisé s'est assez répandu, par diverses voies culturelles, pour que, jusqu'à Calais, on comprenne ce qu'est un « minot ». Ensuite, ces régionalismes apportent en français un parfum de Sud. J'ai par ailleurs choisi le parti de la littéralité, quand il s'est agi de rendre perceptibles certaines particularités de la construction des phrases (inversion sujet verbe : « Montalbano sono » : « Montalbano, je suis ») ou ce curieux emploi du passé simple (« *chè fu ?* » : « qu'est-ce qu'il fut ? », pour « qu'est-ce qui se passe ? ») par où passe l'emphase sicilienne, ou bien encore l'usage intempérant de la préposition « à » avec des verbes directs, et le recours très fréquent à des formes pronominales (« se faisait un rêve » pour « faisait un rêve »), etc.

J'ai tenté aussi de transposer certaines des déformations qu'impose le maître de Porto Empedocle à l'italien classique, pour faire entendre la prononciation de sa terre : « pinsare » au lieu de « pensare » (« penser », en italien classique) a été traduit par « pinser », « aricordarsi » au lieu de « ricordarsi » (se rappeler) a été traduit par s'« arappeler », etc. Choix sûrement discutable, mais qui me paraît encore la moins mauvaise des solutions car elle permet de suivre l'évolution du style de notre auteur. En effet, l'abondance des transpositions de déformations orales n'est pas la même dans les premiers Montalbano que dans les derniers (il semble que, son public désormais conquis et habitué, Camilleri hésite moins à faire entendre les singularités de sa musique), et leur présence plus ou moins importante dans tel ou tel passage du même livre n'est pas dépourvue de significations, volontaires ou non.

L'ensemble de ces partis pris de traduction aboutit à une langue assez éloignée de ce qu'il est convenu d'appeler le « bon français » : ma traduction peut paraître peu fluide et s'éloigne souvent délibérément de la correction grammaticale. Mais depuis quelques dizaines d'années, le travail des traducteurs a été orienté par la tentative de mieux rendre la langue de leurs auteurs en échappant à la dictature de la « fluidité » et du « grammaticalement correct », qui avait imposé à des générations de lecteurs français une idée trop vague du style réel de tant d'auteurs. Un tel mouvement rejoint aussi le travail des auteurs francophones qui s'emploient à libérer leur expression du carcan d'une langue sur laquelle on a beaucoup trop légiféré. À l'intérieur de ce cadre, à mon artisanal niveau, l'essentiel était, me semble-t-il, de tenter de restituer auprès du lecteur français la plus grande partie de ce que ressent le lecteur italien non-sicilien à la lecture de Camilleri. Ce sentiment d'étrange familiarité que procure sa langue, écho de ce qu'on éprouve en rencontrant, en même temps qu'une île, une très ancienne et très moderne civilisation.

Serge Quadruppani

UN

Il s'aréveilla d'un coup, suant, le souffle court. Pendant quelques secondes, il ne comprit pas où il se trouvait, après il y eut la respiration légère et régulière de Livia endormie à son côté pour le ramener aux dimensions connues et rassurantes. Il était dans sa chambre à coucher de Marinella. Ce qui l'avait sorti du sommeil, ç'avait été un élancement, comme une lame de glace, à la blessure de son épaule gauche. Il n'eut pas besoin de regarder sa montre posée sur la table de nuit pour savoir qu'il était trois heures et demie de la nuit, pour être précis, trois heures vingt-sept minutes et quarante secondes. C'était ce qui lui arrivait depuis vingt jours, laps de temps écoulé depuis la nuit où Jamil Zarzis, trafiquant de minots d'immigrés, lui avait tiré dessus et l'avait blessé, et lui avait réagi en le tuant[1] – vingt jours mais l'écoulement du temps s'était comme bloqué à ce moment précis. « Tac ! » avait fait un engrenage dans cette partie de sa tête où se mesurait le passage des heures et des jours, « tac ! », et depuis ce jour, s'il dormait, il s'aréveillait et s'il était réveillé, il y avait comme un mystérieux arrêt sur image de ce qui

1. Voir *Le Tour de la bouée*, même éditeur. *(N.d.T.)*

l'entourait. Il savait très bien que durant ce duel foudroyant il ne lui était pas même passé par l'antichambre de la coucourde de regarder quelle heure il était et pourtant, et cela il se l'arappelait très bien, à l'instant où la balle tirée par Jamil Zarzis se plantait dans sa chair, une voix en dedans de lui, impersonnelle, une voix de femme, un peu métallique comme celles qu'on entend dans les gares et les supermarchés, lui avait dit : « Il est trois heures, vingt-sept minutes et quarante secondes. »

— Vous étiez avec le commissaire ?

— Oui, docteur.

— Vous vous appelez ?

— Fazio, docteur.

— Depuis quand est-il blessé ?

— Bah, docteur, l'échange de coups de feu a eu lieu vers trois heures et demie. Donc, il y a un peu plus d'une demi-heure. Docteur…

— Oui ?

— C'est grave ?

Il était recroquevillé, immobile, les yeux fermés, et donc tout le monde s'était convaincu qu'il avait perdu connaissance et qu'on pouvait donc parler ouvertement. Mais lui, il entendait et comprenait tout, il était à la fois hébété et lucide, ne lui manquait que l'envie d'ouvrir la vouche et d'arépondre lui-même aux questions du docteur. Les injections qu'on lui avait faites pour lui épargner les douleurs, visiblement, lui faisaient de l'effet dans tous les recoins du corps.

— Mais ne dites pas de bêtises ! Il va juste falloir retirer la balle qui est restée à l'intérieur.

— Oh ! Sainte Mère !

— Mais ne vous inquiétez pas comme ça ! C'est une bêtise ! Avant tout, je ne crois vraiment pas qu'elle ait fait beaucoup de dégâts ; l'usage du bras, avec un peu

d'exercice, lui reviendra à cent pour cent. Excusez-moi, mais pourquoi continuez-vous à être aussi inquiet ?

— Vous voyez, docteur, il y a quelques jours, le commissaire s'en est allé seul faire une reconnaissance…

Maintenant comme alors, il garde les yeux fermés. Mais il n'entend plus les paroles, effacées par la rumeur puissante du ressac. Il doit y avoir du vent, le volet tremble tout entier sous les bouffées de vent, il fait une espèce de gémissement. Heureusement qu'il est encore en convalescence, comme ça, il peut rester aussi longtemps qu'il veut sous les couvertures. À cette pensée, il se sent soulagé et s'adécide à regarder à travers une fente des paupières.

Pourquoi n'entendait-il plus Fazio qui parlait ? Il regarda à travers une fente des paupières. Les deux hommes s'étaient un peu éloignés du lit, ils étaient près de la fenêtre ; Fazio parlait et le docteur en blouse blanche écoutait d'un air très sérieux. Et tout à coup, il sut qu'il n'avait pas besoin d'entendre les paroles pour savoir ce que Fazio était en train de dire au docteur. Son ami Fazio, son homme de confiance était en train de le trahir comme Judas, il était évidemment en train de raconter au docteur cette histoire du jour où il était resté sans forces sur la plage, après cette grande douleur qui lui était venue en mer… Et là, imagine un peu les médecins en train d'entendre cette belle nouvelle ! Avant de lui enlever cette maudite balle, ils vont lui faire passer mille misères, ils vont le couper à l'intérieur et à l'extérieur, ils vont le trouer, lui soulever la peau petit à petit pour voir ce qu'il y a dessous…

Sa chambre à coucher est comme toujours. Non, ce n'est pas vrai. Elle est différente mais c'est toujours la même. Différente parce que sur l'étagère, il y a maintenant les affaires de Livia, le sac à main, les épingles à cheveux, deux petits flacons. Et sur le siège, du côté opposé, un chemisier et une jupe. Et même s'il ne les voit pas, il sait que querque part près du lit, il y a une paire de pantoufles roses. Il s'attendrit. Il fond, se ramollit en dedans, se liquéfie. Depuis vingt jours, il se retrouve avec cette nouvelle ritournelle, à laquelle il ne parvient pas à échapper. Suffit d'un rien pour l'amener, en traître, au bord de l'émotion. Et de cette situation de fragilité émotive, il a honte, vergogne, il est contraint d'élaborer de complexes défenses pour que les autres ne la remarquent pas. Mais pas avec Livia, avec elle, il n'y est pas arrivé. Et Livia a décidé de l'aider, de lui donner un coup de main en le traitant avec une certaine dureté, elle ne veut pas lui offrir de prétexte à s'abandonner. Mais tout ça est bien inutile, passque cette attitude amoureuse de Livia le plonge dans un mélange de contentement et d'émotion. Passqu'il est content que Livia ait renoncé à toutes ses vacances pour l'aider et passqu'il sait que la maison de Marinella, elle aussi, est contente de la présence de Livia. Sa chambre à coucher, si on la regarde à la lumière du soleil, depuis que la Gênoise est là, c'est comme si elle avait repris des couleurs, comme si les murs avaient été repeints d'un blanc lumineux. Vu que personne ne peut le voir, il s'essuie une larme de la pointe du drap.

Tout blanc et dans ce blanc rien que le marron (était-elle rose autrefois ? Il y a combien de siècles ?) de sa peau nue. Blanche la salle où on lui fait l'électrocardiogramme. Le médecin détache la longue bande de papier, secoue la tête, dubitatif. Montalbano, atterré, s'imagine que le graphique qu'il est en train de mater ressemble comme deux gouttes d'eau à la ligne laissée sur le sismographe durant le tremblement de terre de Messine en 1908. Il lui est arrivé d'en voir la reproduction sur une revue historique :

un embrouillamini insensé et désespéré, comme tracé par une main folle de terreur.

— Ils m'ont découvert, pense-t-il. Ils se sont rendu compte que mon cœur marche au courant alternatif, à la sans-façon, et que j'ai eu au minimum trois infarctus !

Puis entre dans la pièce un autre médecin, en blouse blanche lui aussi. Il mate la bande, mate Montalbano, mate le médecin.

— Recommençons, dit-il.

Peut-être qu'ils n'en croient pas leurs yeux, qu'ils arrivent pas à comprendre comment un homme avec pareil électrocardiogramme peut être encore dans une chambre « au pital », à l'hôpital, et non pas sur une table de marbre à la morgue. Ils matent la nouvelle bande, cette fois leurs têtes sont toutes proches.

— Mettons-le sous monitoring cardiaque, arrêtent-ils, passablement perplexes.

Montalbano aurait envie de leur dire que, au point où on en est, inutile de lui extraire la balle. Qu'ils le laissent mourir en paix. Mais, malheur, il a pas pinsé à faire son testament. La maison de Marinella, par exemple, il faut qu'elle aille directement à Livia sans qu'un querconque cousin au quatrième degré vienne se réclamer des droits.

Eh oui, passque depuis querques années, la maison de Marinella est à lui. Il pinsait ne jamais arriver à se l'acheter, c'était trop cher pour le salaire qu'il avait et qui lui permettait à peine d'économiser. Puis, un jour, l'associé de son père lui avait écrit pour lui dire qu'il était prêt à lui racheter la part de son père dans la maison de production vinicole, qui représentait une somme considérable. Et comme ça, non content d'avoir eu les sous pour s'acheter la villa, il lui en était resté beaucoup à mettre en banque. Pour sa vieillesse. Et donc, il était obligé de faire un testament, étant donné que, sans le vouloir, il était adevenu un monsieur qui a des propriétés. Mais, une fois sorti « du pital », de l'hôpital, il ne s'était toujours pas décidé à aller chez le notaire. Cependant, au cas où il se pirsuaderait enfin d'y aller, la maison reviendrait à Livia, ça, c'était hors de discussion. À François… à son fils qui n'était pas son fils, mais aurait pu l'être[1], il savait très bien ce qu'il laisserait. L'argent pour s'acheter une belle voiture. Il voyait déjà la tête indignée de Livia. Mais quoi ? Tu le gâtes comme ça ? Oh que oui, madame. Un fils qui n'était pas son fils mais qui aurait pu (dû) l'être, doit être plus gâté qu'un fils qui est un fils. Raisonnement vasouillard, d'accord, mais raisonnement quand même. Et à Catarella ? Passque sûrement, Catarella, il devait apparaître dans son testament. Et qu'est-ce qu'il lui laisserait ? Des livres, sûrement pas. Il essaya de retrouver dans sa mémoire une vieille chanson des chasseurs alpins qui s'appelait « le testament du capitaine » ou querque chose dans ce genre, mais il n'y parvint pas. La montre ! Voilà, à Catarella, il laisserait la montre de son père que l'associé lui avait fait parvenir. Comme ça, il se sintirait une pirsonne de la famille. La montre, y avait que ça.

La montre, dans la pièce où on lui a mis le monitoring cardiaque, il aréussit pas à la lire passque devant ses yeux, il garde une espèce de voile grisâtre. Les deux médecins sont occupés à mater une espèce de téléviseur, très attentifs, de temps en temps, ils bougent une souris d'ordinateur.

Un d'eux, celui qui devait l'opérer, il s'appelle Strazzera, Amadeo Strazzera. Cette fois, il sort pas le moindre brin de papier de la machine, mais une espèce de photographie, ou un truc dans ce genre. Les deux médecins matent ça et le rematent, et finalement, ils

1. Voir *Le Voleur de goûter*, même éditeur. *(N.d.T.)*

soupirent comme épuisés par une très longue marche. Strazzera s'approche de lui, tandis que le collègue s'assied sur une chaise, blanche naturellement, et le fixe d'un air sévère. Puis il se penche en avant. Montalbano pense que le docteur, maintenant, va lui dire :

— Ça suffit, arrêtez d'être vivant ! Vous devriez avoir honte !

Comment c'était, la poésie ?

« Le pauvre bonhomme, inconscient de son sort,
luttait encore alors qu'il était mort. »

Mais l'autre ne dit mot et se met à l'écouter au stéthoscope. Comme s'il l'avait pas déjà fait une vingtaine de fois ! À la fin, il se redresse, mate le collègue et demande :

— Qu'est-ce qu'on fait ?

— Moi, je le ferais voir à Di Bartolo.

Di Bartolo ! Une légende. Montalbano l'avait aconnu voilà longtemps. À présent, c'était un vieux plus que septuagénaire, sec, avec une barbiche blanche qui lui faisait une tête de chèvre, incapable de s'adapter à la vie en commun civilisée, aux bonnes manières. Il paraît qu'un jour, il avait dit à un type connu comme impitoyable usurier, après l'avoir visité à sa manière, qu'il ne pouvait rin lui dire parce qu'il n'avait pas pu localiser son cœur. Et une autre fois, à un type, qu'il n'avait jamais vu et qui était en train de prendre un café au bar : « Vous le savez que vous allez avoir un infarctus ? » Et le plus beau, c'était que ledit infarctus lui était venu immédiatement, peut-être passque c'était un grand patron comme Di Bartolo qui le lui avait dit. Mais pourquoi ces deux-là voulaient-ils appeler Di Bartolo s'il n'y avait plus rin à faire ? Peut-être voulaient-ils montrer au vieux maître ce phénomène qu'il était, un type qui continuait inexplicablement à vivre avec un cœur qui ressemblait à Dresde après le bombardement.

En attendant, ils décident de le ramener à sa

chambre. Tandis qu'on ouvre la porte pour faire passer la civière, il entend la voix de Livia qui l'appelle, désespérée :

— Salvo ! Salvo !

Il a pas envie d'arépondre. Peuchère ! Elle était arrivée à Vigàta pour passer querques jours avec lui et en fait elle a trouvé cette belle surprise.

— Tu m'as fait vraiment une belle grande surprise ! avait dit Livia la veille, quand, de retour d'une visite de contrôle au pital de Montelusa, il s'était pointé avec dans les mains un gros bouquet de roses.

Et aussitôt, elle avait fondu en larmes.

— Allez, ne fais pas ça !

En se retenant lui-même à grand-peine.

— Pourquoi je devrais pas ?

— Mais tu l'as pas fait avant !

— Et toi, jusqu'à maintenant, ça t'était déjà arrivé de m'offrir un bouquet de roses ?

Il lui posa, avec légèreté pour ne pas l'énerver, une main sur les flancs.

Il se l'était oublié, ou bien quand il l'avait arencontré, il ne s'en était pas asperçu, que le Pr Di Bartolo, de la chèvre, n'avait pas seulement l'aspect mais aussi la voix.

— Bonjour tout le monde, bêla-t-il en entrant, suivi d'une dizaine de médecins portant la blouse blanche de rigueur, qui remplirent la chambre.

— Bonjour, répondit tout le monde, c'est-à-dire Montalbano vu que dans la chambre, à l'entrée du docteur, il n'y avait que lui.

Le grand patron s'approcha du lit et le fixa avec intérêt.

— Je vois avec plaisir que malgré les efforts de mes

confrères, votre capacité de discernement et de contrôle de vos actes n'est pas altérée.

Il fit un geste et à côté de lui apparut Strazzera qui lui remit les résultats des examens. Le professeur examina tant bien que mal la première feuille et la jeta sur le lit, fit de même avec la seconde, idem avec la troisième, et la quatrième aussi. En peu de temps, la tête et le torse de Montalbano disparurent sous les feuilles. À la fin, le commissaire entendit la voix du professeur, sans pouvoir le voir parce que les photos du monitoring avaient échoué juste sur ses yeux.

— Je peux savoir pourquoi vous m'avez appelé ?

Le bêlement est plutôt irrité, la chèvre évidemment commence à s'énerver.

— Voyez-vous, professeur, fait la voix hésitante de Strazzera, le fait est qu'un des adjoints nous a rapporté que le commissaire, il y a quelques jours, a eu un sérieux épisode de…

De quoi ? Il ne réussit pas à entendre Strazzera. Peut-être qu'il est en train de lui résumer l'épisode à l'oreille. L'épisode ? Quel rapport ? On n'est pas dans un feuilleton. Mais c'est pas un épisode que ça s'appelle, chaque rendez-vous d'une série ?

— Asseyez-le-moi, ordonne le professeur.

On le débarrasse des papiers, on le relève avec délicatesse. Un cercle de médecins en blanc se forme autour du lit, dans un silence religieux. Di Bartolo acommence à appuyer le stéthoscope, puis le déplace de querques centimètres, le déplace encore et s'arrête. En voyant son visage comme ça de si près, le commissaire s'aperçoit que le professeur fait un mouvement continu des mâchoires comme s'il mastiquait un chewing-gum. Tout d'un coup, il comprend : le grand patron rumine. Di Bartolo est une vraie chèvre. Qui, maintenant, depuis pas mal de temps, ne bouge plus. Immobile, il écoute. Qu'entendent ses esgourdes de ce qui est en train de se passer en dedans de mon cœur ? se demande Montalbano. Effondrements d'immeubles ? Failles qui s'ouvrent à l'improviste ? Explosions souterraines ? Di Bartolo écoute interminablement, il bouge pas d'un millimètre du point qu'il a repéré. Mais il a pas mal au dos, penché comme ça ? Le commissaire commence à suer de peur. Puis le professeur se redresse.

— Ça suffit comme ça.

On recouche Montalbano.

— D'après moi, conclut le grand patron, vous pouvez lui tirer encore deux ou trois balles et les lui extraire sans anesthésie. Son cœur tiendrait aussi bien le coup.

Et il s'en va, sans dire au revoir à personne.

Dix minutes plus tard, le commissaire est en salle d'opération, il y a une lumière blanche intense. Un type tient en main une espèce de masque, il le lui pose sur le visage.

— Inspirez profondément, dit-il.

Il obéit. Et se rappelle plus rien.

« Comment ça se fait, se demande-t-il, qu'on n'ait pas encore inventé un vaporisateur que quand tu peux pas dormir tu te le fourres dans le nez, tu appuies, il te sort un gaz ou ce que tu veux et tu t'endors d'un coup ? »

Ce serait pratique, une anesthésie anti-insomnie. Il lui est venue une soif soudaine. Il se lève doucement pour pas aréveiller Livia, gagne la cuisine, se verse un verre d'une bouteille d'eau minérale déjà ouverte. Et maintenant ? Il adécide de faire un peu d'exercice du bras, comme le lui a appris une infirmière spécialisée. *Unu, dù, tri, quattru*. Un, deux, trois, quatre. Le bras fonctionne bien, à tel point qu'il peut conduire tranquille.

Strazzera a bien réussi son coup. Sauf que certaines fois, son bras s'endort, comme il arrive aux jambes quand on reste immobile dans la même position, et il se sent tout le membre qui lui pique et repique. Ou fourmillant de fourmis. Il se boit un autre verre d'eau et retourne se coucher. En l'entendant se glisser sous les couvertures, Livia murmure quelque chose, pivote sur elle-même, lui tournant le dos.

— De l'eau, supplie-t-il en ouvrant les yeux.

Livia lui verse un verre, le fait boire en lui tenant la tête avec une main derrière la nuque. Ensuite, elle remet le verre sur la table de nuit et disparaît du champ visuel du commissaire. Montalbano aréussit à se soulever un peu. Livia est debout devant la fenêtre et à côté d'elle, il y a le Dr Strazzera qui lui parle longuement. Tout d'un coup, il entend le rire léger de Livia. Qu'est-ce qu'il est spirituel, le Dr Strazzera ! Et pourquoi il se colle comme ça à Livia ? Et pourquoi elle se sent pas le devoir de s'écarter un peu ? Là, je vais vous faire voir, moi.

— De l'eau ! crie-t-il, furieux.

Livia sursaute, effrayée.

— Mais pourquoi est-ce qu'il boit tant ?

— Ça doit être l'effet de l'anesthésie, dit Strazzera et il ajoute : Tu sais, Livia, l'opération c'était rien du tout. En plus, je me suis arrangé pour qu'il lui reste qu'une cicatrice presque invisible.

Livia lui envoie un regard plein de gratitude qui décuple la fureur du commissaire.

Une cicatrice invisible ! Comme ça, il pourra se présenter sans problème au prochain concours de Monsieur Muscle.

À propos de muscle, si c'en est un. Montalbano bouge sans bruit, jusqu'à faire adhérer son corps au dos de Livia. Laquelle paraît apprécier ce contact, ça se comprend à l'espèce de gémissement qu'elle pousse dans son sommeil.

Montalbano allonge une main courbe, la lui pose sur une fesse. Livia, comme par un réflexe conditionné, met sa main à elle sur sa main à lui. Et là, l'opération se bloque. Passque Montalbano sait très bien que s'il allait plus loin, Livia lui imposerait un stop immédiat. C'est déjà arrivé la première nuit où ils sont revenus à Marinella.

— Non, Salvo. Il n'en est pas question. J'ai peur que ça te fasse mal.

— Mais allez, Livia, j'ai été blessé à une épaule, pas à la…

— Ne sois pas vulgaire. Tu ne comprends pas ? Je ne me sentirais pas à mon aise, j'aurais peur de…

Mais le muscle, si c'en est un, ne la comprend pas, cette peur. Il a pas de coucourde, il n'a pas l'habitude de méditer. Il n'entend pas raison. Et il reste là, gonflé de rage et de désir.

Trouille. Frayeur. C'est ce qu'il commence à éprouver le deuxième jour de l'opération, quand la blessure commence à lui faire très mal. Pourquoi elle est si douleureuse ? Est-ce qu'ils s'étaient oublié dedans, comme ça arrivait souvent, un bout de gaze ? Si ça se trouvait, c'était pas de la gaze, mais un bistouri de trente centimètres. Livia s'en aperçoit tout de suite et appelle Strazzera. Lequel s'aprécipite, peut-être qu'il a laissé en plein milieu une opération à cœur ouvert. Mais désormais, c'est comme ça : dès que Livia appelait, Strazzera accourait. Le docteur dit que c'était absolument prévisible, qu'il n'y a pas de raison pour que Livia s'alarme. Et il balance une piqûre à Montalbano. Dix minutes ne sont pas passées qu'il arrive deux choses. La première est que la douleur commence à lui passer, la seconde c'est que Livia dit :

— Le Questeur vient d'arriver.

Et elle sort. Dans la chambre entrent Bonetti-

Alderighi et son chef de cabinet, le dottor *Lactes, lequel joint les mains dans un geste de prière, comme s'il se trouvait devant le lit d'un moribond.*

— Comment va, comment va ? demande le Questeur.

— Comment va, comment va ? fait écho Lactes, sur un ton de litanie.

Et le Questeur parle. Sauf que Montalbano l'entend par bribes, comme si un fort vent emportait les paroles qu'il prononce.

— … et donc j'ai proposé que vous receviez de solennelles louanges…

— … louanges, répète Lactes.

— … poil aux anges, pense Montalbano.

Vent.

— … le dottor *Augello, en attendant votre retour…*

— … oui, mon amour, mon amour, mon amour… dit la même voix.

Vent.

Les paupières papillonnent avant de se refermer inexorablement.

Et maintenant, ses paupières papillonnent encore. Si ça se trouve, il va réussir à s'endormir. Comme ça, contre le corps chaud de Livia. Mais il y a ce grand tracassin de volet qui continue à gémir à chaque coup de vent.

Que faire ? Ouvrir la fenêtre et bloquer mieux le volet ? Inutile d'y penser, Livia se réveillerait sûrement. Peut-être qu'il y aurait moyen de moyenner. Ça coûte rien d'essayer. Ne pas chercher à s'opposer à la plainte du volet, mais l'accompagner, en l'englobant au rythme de sa propre respiration.

— Hiiii, fait le volet.

— Hiiii, fait-il dans un filet de voix.

— Eeeeeh, dit le volet.

— Eeeeeh, fait-il en écho.

Mais cette fois, il n'a pas bien contrôlé le niveau de sa voix. En un vire-tourne, Livia a ouvert les yeux et s'est mise sur son séant :

— Salvo ! Tu te sens mal ?

— Pourquoi ?

— Tu te plaignais.

— Ça doit être dans le sommeil, excuse-moi. Dors.

Maudite fenêtre !

DEUX

De la fenêtre grande ouverte entre un grand froid. C'est toujours comme ça, à l'hôpital : ils te guérissent de l'appendicite pour te faire crever d'une bronchite. Lui, il est assis dans le fauteuil, il n'y a plus que deux jours à passer avant qu'il s'en retourne enfin à Marinella. Mais depuis six heures du matin, des pelotons de bonnes femmes s'acharnent à récurer couloirs, chambres, placards, à frotter les vitres des fenêtres, les poignées, les lits, les sièges. On dirait qu'un vent de folie nettoyeuse s'est abattu sur toute chose, on change les draps, les taies, les couvertures, la salle de bains brille au point d'éblouir, il faut les lunettes de soleil pour y entrer.

— Mais qu'est-ce qui se passe ? demande-t-il à une infirmière venue l'aider à se recoucher.

— Y a un gros bonnet qui doit venir.

— Mais c'est qui ?

— J'en sais rien.

— Écoutez, je pourrais pas rester dans le fauteuil ?

— C'est pas possible.

Au bout d'un moment, apparaît Strazzera, il est déçu de ne pas trouver Livia.

— Elle va peut-être faire un saut plus tard, le tranquillise Montalbano.

Mais c'est un coup de salaud, ce « peut-être », il l'a dit pour jouer un peu avec les nerfs du docteur. Livia l'a assuré qu'elle viendrait, quoique avec un peu de retard.

— On attend qui ?

— Petrotto. Le sous-secrétaire d'État.

— Et qu'est-ce qu'il vient faire ?

— Vous féliciter.

Merde ! Manquait plus que ça ! Le député et avocat Gianfranco Petrotto, aujourd'hui sous-secrétaire d'État à l'Intérieur, mais condamné un jour pour corruption, un autre pour concussion, une troisième fois pour un délit prescrit. Ex-communiste, ex-socialiste, triomphalement élu voilà peu sous la bannière du parti de la majorité.

— Vous pourriez pas me faire une piqûre qui me fasse perdre connaissance pendant trois heures ? demande-t-il à Strazzera sur un ton suppliant.

Celui-ci écarte les bras et s'en va.

Le député et avocat Gianfranco Petrotto s'aprésente, précédé d'une rumeur d'applaudissements qui résonne dans le couloir. Mais il ne laisse entrer dans la chambre que le préfet, le Questeur, le chef de service et un député de sa suite.

— Les autres m'attendent dehors ! intime-t-il à grands cris.

Puis il commence à ouvrir et fermer la bouche. Il parle. Et parle. Et parle. Il ne s'est pas aperçu que Montalbano s'est bourré les esgourdes de coton hydrophile à les faire exploser. Et que le commissaire ne peut rien entendre des conneries qu'il est en train de dire.

Voilà un moment qu'il n'entend plus la plainte du volet. Il a à peine le temps de mater sa montre, il est quatre heures quarante-cinq, qu'enfin, il s'endort.

Dans son sommeil, il perçut avec peine que le téléphone sonnait. Il ouvrit un œil, fixa la montre. Il était six heures. Il n'avait dormi qu'une heure et quart. Il se leva vivement, il voulait arrêter les sonneries avant qu'elles arrivent à Livia, au fond de son sommeil. Il souleva le combiné.

— *Dottori*, qu'est-ce que je fis, je vous réveillai ?

— Catarè, six heures du matin, il est. Pile.

— En virité, ma montre marque six heures trois minutes.

— Ça veut dire qu'elle avance un peu.

— Vous êtes sûr, *dottori* ?

— Tout à fait sûr.

— Alors, je l'aretarde de trois minutes. Merci, *dottori*.

— De rien.

Catarella raccrocha, Montalbano aussi et il commença à retourner vers la chambre. À mi-chemin, il s'arrêta en jurant. Mais putain, c'était quoi ce coup de téléphone ? Catarella l'appelait à six heures du matin pour voir si sa montre était à l'heure ? À ce moment, le téléphone sonna nouvellement, le commissaire fut prompt à soulever le combiné.

— *Dottori*, je vous demande de me pirdonner, mais la quistion de l'heure m'a fait oublier de vous dire la raison du coup de tiliphone pour lequel je passai le susdit appel.

— Donne-la-moi.

— Il paraît qu'on a séquestré la motocyclette d'une petite.

— Volé ou séquestré ?

— Séquestré, *dottori*.

Montalbano enrageait. Mais il lui fallait étouffer les hurlements qu'il avait envie de pousser.

— Et toi, tu me réveilles à six heures du matin pour

me dire que les douanes ou les carabiniers ont séquestré une motocyclette ? À *mia*, à moi, tu viens le raconter ? Mais moi, je m'en contrefous, si tu permets !

— *Dottori*, pour vous en contrefoutre, vous avez pas besoin de ma permission, dit l'autre, très respectueux.

— Et surtout, je n'ai pas repris le service, je suis encore en convalescence !

— Je le sais, *dottori*, mais la séquestre, ce fut ni la douane, ni les carabinés.

— Les carabiniers, Catarè. Et *cu fu*, c'était qui ?

— Là est la tracassinerie, *dottori*. On sait pas, on aconnaît pas. C'est justement pour ça qu'ils me dirent de vous tiliphoner à vous pirsonnellement en pirsonne.

— Écoute, Fazio est là ?

— Oh que non, en transport sur les lieux, il est.

— Et le *dottor* Augello ?

— Lui aussi en transport sur les lieux.

— Mais au commissariat, il reste qui ?

— Provisoirement, c'est moi qui m'en occupe, *dottori*. M. le *dottori* Augello me dit d'assurer l'anté-rime.

Sainte Mère ! Un risque, un danger à supprimer au plus tôt, Catarella était capable de déclencher un conflit nucléaire en partant d'un vol à la tire. Se pouvait-il que Fazio et Augello se soient dérangés pour un simple vol de motocyclette ? Et puis : pouquoi le faisaient-ils appeler ?

Il raccrocha.

— Mais on est comme dans moulin, ici ! dit une voix dans son dos.

Il se tourna. C'était Livia, les yeux étincelants de rage. Pour se lever, elle n'avait pas pris la robe de chambre, mais avait enfilé la chemise utilisée la veille par Montalbano. Lequel, de la voir comme ça, se sentit saisi de l'envie de l'embrasser. Mais il se retint, il savait que d'un moment à l'autre devait arriver l'appel de Fazio.

— Livia, je t'en prie, mon travail…

— Ton travail, tu devrais le faire au commissariat. Et seulement quand tu es en service.

— Tu as raison, Livia, retourne te coucher.

— Me coucher, tu parles ! Maintenant, je suis réveillée. Je vais à la cuisine préparer le café.

Le téléphone sonna.

— Fazio, tu peux avoir la bonté de m'expliquer ce qu'il se passe, bordel ? demanda Montalbano à haute voix, plus besoin de prendre de précautions, puisque Livia, non contente d'être réveillée, était aussi en colère.

— Ne dis pas de gros mots, lui cria-t-elle en fait depuis la cuisine.

— Mais Catarella ne vous a pas dit ? s'enquit Fazio.

— Catarella m'a dit que dalle, merde…

— Tu vas arrêter, oui ou non ? lança Livia.

— … il m'a seulement parlé de la mise sous séquestre d'une motocyclette, séquestre qui n'a été fait ni par les carabiniers ni par les douanes. Et putain, alors…

— Arrête, je t'ai dit !

— … qu'est-ce que vous venez me casser les pieds *a mia*, à moi ? Allez voir si c'est les gardes municipaux !

— Non, *dottore*. Ce qui a été séquestré, en fait, c'est la propriétaire de la motocyclette.

— J'ai pas compris.

— *Dottore*, il s'agit d'une séquestration de personne. Un enlèvement.

Un enlèvement ?! À Vigàta ?!

— Explique-moi où vous êtes, je viens tout de suite.

— *Dottore*, c'est très compliqué d'y arriver. D'ici une heure maximum, si ça vous va, la voiture de service viendra vous chercher devant chez vous. Comme ça vous vous fatiguerez pas à conduire.

— D'accord.

Il gagna la cuisine. Livia avait mis le café sur le feu. Et maintenant, elle était en train d'étendre la nappe sur la table. Pour la lisser, elle dut se pencher en avant et la chemise du commissaire devint trop courte.

Montalbano n'aréussit pas à se contenir. Il fit deux pas en avant et l'étreignit par-derrière.

— Mais qu'est-ce qui te prend ? dit Livia. Allez, laisse-moi ! Qu'est-ce que tu veux faire ?

— Essaie de deviner.

— Mais ça peut te faire ma…

Le café monta dans la cafetière. Pirsonne n'éteignit le gaz. Le café gargouilla. Le gaz resta allumé. Le café se mit à bouillir. Pirsonne ne s'en prioccupa. Le café sortit de la cafetière et déborda, éteignant le gaz qui continua à sortir.

— Tu sens pas une odeur de gaz ? demanda Livia, languide, au bout d'un certain temps, en se détachant de l'étreinte du commissaire.

— Moi, je sens pas, dit Montalbano, qui avait les narines pleines des senteurs de sa peau à elle.

— Oh, mon Dieu ! s'exclama Livia, en courant éteindre le fourneau.

À Montalbano, il resta vingt minutes à peine pour se raser et se doucher. Le café, refait, il se le prit au vol parce qu'on sonnait à la porte. Livia ne lui demanda même pas où il allait et pourquoi. Elle avait ouvert la fenêtre et s'étirait, les bras au-dessus de la tête, dans un rayon de soleil.

En route, Gallo lui raconta ce qu'il savait de l'affaire. La petite enlevée, parce que sur le fait qu'elle avait été enlevée, il ne semblait pas y avoir de doute, s'appelait Susanna Mistretta, elle était très belle, inscrite à Palerme à l'université et se préparait à passer le premier examen. Elle habitait, avec sa mère et son père, dans une villa à la campagne, vers laquelle ils se dirigeaient, à cinq kilomètres hors du village. Susanna, depuis environ un mois, allait étudier chez une amie à Vigàta et ensuite, vers huit heures du soir, elle rentrait à la maison sur sa motocyclette.

La veille au soir, le père, en ne la voyant pas apparaître comme d'habitude, et après avoir attendu encore une heure, avait téléphoné à l'amie de sa fille qui avait répondu que Susanna s'en était allée comme toujours à huit heures, à une minute près. Alors, il avait appelé un jeune dont sa fille se considérait comme la fiancée et ce dernier avait manifesté sa surprise passque dans l'après-midi, il avait vu Susanna à Vigàta, avant qu'elle aille étudier avec son amie, et la petite lui avait communiqué que le soir, elle n'irait pas au cinéma avec lui passqu'elle devait rentrer chez elle étudier.

À ce point, le père s'était inquiété. Il avait déjà appelé sa fille plusieurs fois sur son portable, mais l'appareil était toujours éteint. À un certain moment, le téléphone de la maison avait sonné et le père s'était précipité, pinsant qu'il s'agissait de sa fille. Mais c'était son frère qui appelait.

— Susanna a un frère ?

— Oh que non, elle est fille unique.

— Alors, le frère de qui ? demanda Montalbano à ce point, exaspéré du fait que, entre la vitesse que maintenait Gallo et la route tout en nids-de-poule qu'ils parcouraient, non seulement, il se sentait tourner la tête, mais en plus, sa blessure se réveillait.

Le frère en question était le frère de la petite enlevée.

— Mais toutes ces personnes n'ont pas de nom ? redemanda le commissaire, impatienté, en espérant que la connaissance des noms lui permettrait de mieux suivre le récit.

— Bien sûr qu'ils en ont un, par force, mais *a mia*, à moi, ils ne me l'ont pas dit, arépondit Gallo.

Et il continua :

— Le frère du père de la fille enlevée, qui est médecin…

— Appelle-le l'oncle médecin, suggéra Montalbano.

L'oncle médecin téléphonait pour avoir des nouvelles de sa belle-sœur. C'est-à-dire la mère de la fille enlevée.

— Et pourquoi ? Elle va mal ?

— Oh que oui, *dottore*, elle va mal.

Alors, le père avait informé l'oncle médecin.

— Non, dans ce cas, tu dois dire son frère.

Alors, le père avait informé son frère de la disparition de Susanna et il l'avait prié de le rejoindre dans la villa pour s'occuper de la malade, comme ça, il pouvait se mettre librement à la recherche de sa fille. Avant d'en finir avec les engagements qu'il avait, le médecin était arrivé qu'il était onze heures passées.

Le père était monté en voiture et avait suivi lentement la route que Susanna faisait habituellement pour rentrer chez elle. À cette heure de l'hiver, on ne voyait pas âme qui vive, les voitures étaient rares. Il fit et refit le même parcours, toujours plus disispéré. À un certain moment, une motocyclette se plaça à sa hauteur. C'était le fiancé de Susanna qui avait téléphoné à la villa et auquel l'oncle médecin avait répondu qu'il n'y avait toujours pas de nouvelles. Le jeune dit au père qu'il avait l'intention de suivre toutes les routes de Vigàta à la recherche du moins de la motocyclette qu'il aconnaissait bien. Le père refit quatre fois la route de la maison de l'amie à la villa en s'arrêtant de temps en temps pour examiner même les taches sur l'asphalte. Mais il ne remarqua rien de bizarre. Quand il abandonna les recherches et se ramena à la maison, il était presque trois heures du matin. Et là, il suggéra au frère médecin de téléphoner, en se présentant, à tous les hôpitaux de Montelusa et de Vigàta. Ils n'obtinrent que des réponses négatives, ce qui, d'un côté les tranquillisa et de l'autre les alarma autant. Ils perdirent comme ça une heure de plus.

À ce point du récit, alors que, depuis un moment, ils se trouvaient en rase campagne et suivaient une draille de terre battue, Gallo montra une maison, à une cinquantaine de mètres de là.

— Voilà la villa.

Montalbano n'eut pas le temps de la mater passque Gallo tournait à main droite en prenant une autre draille, celle-là très mal foutue.

— Où est-ce qu'on va ?

— Là où on a trouvé la motocyclette.

C'était le fiancé de Susanna qui l'avait trouvée. Pour revenir à la villa, après avoir en vain cherché dans les rues de Vigàta, il avait pris une route qui rallongeait pas mal le chemin. Et là, à quelque deux cents mètres de chez la jeune fille, il avait vu la motocyclette abandonnée et s'était précipité pour prévenir le père.

Gallo se mit sur le bord de la route et s'arrêta derrière l'autre voiture de patrouille. Montalbano sortit et Mimì Augello vint à sa rencontre.

— C'est une histoire qui pue, Salvo. C'est pour ça que j'ai dû te déranger. Mais ça se présente mal.

— Où est Fazio ?

— Dans la villa, avec le père. Si ça se trouve, les kidnappeurs vont se manifester.

— On peut savoir comment s'appelle le père ?

— Salvatore Mistretta.

— Et qu'est-ce qu'il fait ?

— Il faisait le géologue. Il a été aux quatre coins du monde. Voilà la motocyclette.

Il était appuyé à un muret bas et sec qui entourait un potager. En parfait état, pas une tache, il était juste un peu poussiéreux. Galluzzo était à l'intérieur du jardin et le fouillait du regard. Sur la draille, Imbrò et Battiato faisaient pareil.

— Le fiancé de Susanna... à propos, comment s'appelle-t-il ?

— Francesco Lipari.

— Où est-il ?

— Je l'ai renvoyé à la maison. Il était mort de fatigue et d'inquiétude.

— Je disais : ce Lipari, c'est pas lui qui a déplacé la motocyclette ? Il l'a peut-être trouvée par terre, au milieu de la draille…

— Non, Salvo. La motocyclette, il a juré sur tous les saints qu'il l'a trouvée comme on le voit.

— Laisse quelqu'un de garde. Que personne le touche. Autrement les types de la Scientifique vont nous faire un boxon d'enfer. Rin trouvé ?

— Rin de rin. Et dire que la petite avait un petit sac à dos avec des livres et ses affaires, le portable, un portefeuille qu'elle avait toujours dans la poche arrière du jean, les clés de la maison… Rin. C'est comme si elle avait rencontré quelqu'un qui la connaissait et qu'elle ait arrêté la motocyclette en l'appuyant au mur pour parler un peu avec lui.

Mais Montalbano ne semblait pas l'entendre. Mimì s'en aperçut.

— Qu'est-ce qu'il y a, Salvo ?

— Je sais pas, mais il y a quelque chose qui colle vraiment pas, pour moi, murmura Montalbano.

Et il commença à faire quelques pas en arrière, comme quelqu'un qui a besoin d'espace pour mieux considérer quelque chose dans son ensemble, sous une perspective juste. Augello aussi recula avec lui, mais mécaniquement, juste passque le commissaire le faisait.

— Elle est mise à l'envers, conclut Montalbano à un certain moment.

— Quoi ?

— La motocyclette. Regarde-la, Mimì. Là, comme on la voit arrêtée, on devrait penser que sa direction de marche, c'est vers Vigàta.

Mimì mata, secoua la tête.

— Vrai, c'est. Mais de ce côté, elle serait allée à

contre-sens. Si elle se dirigeait vers Vigàta, nous aurions dû trouver l'engin appuyé au mur d'en face.

— Oh, tu parles, qu'est-ce qu'elle en a à foutre, une motocyclette, de se trouver à contresens ! Ces engins, tu te les retrouves sur le palier chez toi ! En fait, si la petite venait de Vigàta, la roue avant de la motocyclette devrait se trouver dans la direction opposée. Maintenant, je me pose la question : pourquoi est-elle disposée comme ça ?

— Oh, seigneur, Salvo, il peut y en avoir tellement, de raisons. Peut-être que pour l'appuyer au mur, elle a fait pivoter la motocyclette... ou mieux encore, peut-être qu'elle est revenue en arrière de quelques mètres quand elle a reconnu quelqu'un...

— Tout est possible, coupa Montalbano. Moi, je vais à la villa. Quand vous aurez fini de chercher ici, rejoignez-moi. Et rappelle-toi de laisser quelqu'un de garde.

La villa, à deux étages, avait dû être très belle mais maintenant, elle portait les signes du délabrement et du manque d'entretien. Et les maisons, quand on les néglige, elles le sentent et on dirait qu'elles font exprès de se précipiter dans une espèce de vieillesse précoce. Le robuste portail de fer forgé était poussé.

Le commissaire entra dans un grand salon, à l'ameublement du XIXe siècle, sombre et massif, mais au premier coup d'œil la pièce semblait celle d'un musée, emplie qu'elle était de statuettes d'anciennes civilisations sud-américaines et de masques africains. Souvenirs de voyage du géologue Salvatore Mistretta. Dans un coin du salon, se trouvaient deux fauteuils, une table basse avec le téléphone, un téléviseur. Fazio et un homme qui devait être Mistretta étaient assis dans les fauteuils et ne détachaient pas leurs regards du téléphone. À l'entrée de Montalbano, l'homme jeta un œil interrogatif à Fazio qui fit les présentations :

— M. le commissaire Montalbano. M. Mistretta.

L'homme s'approcha, main tendue. Montalbano la lui serra sans un mot. Le géologue était un sexagénaire maigre, le visage recuit comme celui des statuettes sud-américaines, dos voûté, cheveux blancs décoiffés, l'œil clair vaguant d'un bout à l'autre de la pièce qu'on aurait dit un drogué. Visiblement, la tension interne le dévorait.

— Aucune nouvelle ? demanda Montalbano.

Le géologue écarta les bras, désespéré.

— Je voudrais vous parler. On peut aller au jardin ?

Va savoir pourquoi, l'air lui manquait, le salon était sombre, aucune lumière n'y entrait malgré les grandes portes-fenêtres. Mistretta hésita. Puis il se tourna vers Fazio.

— Si par hasard vous entendez la sonnette d'en haut… pouvez-vous avoir l'amabilité de me prévenir ?

— Bien sûr, dit Fazio.

Ils sortirent. Le jardin, qui entourait entièrement la villa, avait été complètement abandonné, c'était à présent quasiment un champ de plantes sauvages qui tendaient à jaunir elles aussi.

— De ce côté, dit le géologue.

Et il conduisit le commissaire vers un hémicycle de bancs de bois, au centre d'une espèce d'oasis de vert ordonnée et soignée.

— C'est ici que Susanna vient étu…

Il ne parvint pas à poursuivre, s'écroula sur un banc. Le commissaire s'assit à ses côtés, sortit un paquet de cigarettes.

— Vous fumez ?

Que lui avait raconté le Dr Strazzera ?

— Essayez d'arrêter de fumer, si vous pouvez.

Mais là, maintenant, il ne pouvait pas.

— J'avais arrêté, mais dans ces circonstances… dit Mistretta.

Vous voyez, cher et éminent Dr Strazzera, que certaines fois, on peut pas s'en passer ?

Le commissaire la lui tendit et la lui alluma. Ils fumèrent un moment en silence puis Montalbano demanda :

— Votre femme est malade ?

— Elle est en train de mourir.

— Elle a appris la nouvelle ?

— Non. Elle est sous tranquillisants et sous somnifères. Mon frère Carlo, qui est médecin, a été avec elle cette nuit. Il n'y a pas longtemps qu'il est parti. Mais…

— Mais ?

— Mais ma femme continue, même dans ce sommeil provoqué, à appeler Susanna, comme si, obscurément, elle comprenait que quelque chose…

Le commissaire se sentit suer. Comment parler de l'enlèvement de sa fille à un homme dont la femme était en train de mourir ? La seule possibilité, peut-être, c'était d'adopter un ton bureaucratique-officiel, ce ton qui a tendance à l'emporter, par nature, sur toute forme d'humanité.

— Monsieur Mistretta, je dois avertir qui de droit de cet enlèvement. Le juge, le Questeur, mes collègues de Montelusa… Et, vous pouvez en être sûr, la nouvelle va arriver aussi aux oreilles d'un quelconque journaliste qui va se précipiter ici avec l'immanquable caméra télé… Si je n'ai pas encore fait cette communication, c'est parce que je désire en être sûr.

— De quoi ?

— Qu'il s'agit d'un enlèvement.

TROIS

Le géologue lui lança un regard abasourdi.

— Et de quoi d'autre peut-il s'agir ?

— Je veux d'abord dire que je suis obligé de faire des suppositions, qui peuvent être désagréables.

— Je comprends.

— Une question : votre femme a besoin de beaucoup d'aide ?

— Continuellement, jour et nuit.

— Qui s'en occupe ?

— Susanna et moi, à tour de rôle.

— Depuis quand est-elle dans cet état ?

— Ça s'est aggravé depuis six mois environ.

— Ne serait-il pas possible que le système nerveux de Susanna, mis depuis si longtemps à l'épreuve, ait cédé d'un coup ?

— Que voulez-vous dire ?

— Se pourrait-il que la jeune fille, en voyant sa mère dans cet état, épuisée par les nuits blanches et par l'étude, ait volontairement fui une situation qu'elle ne pouvait plus supporter ?

La réponse arriva sans délai :

— Je l'exclus. Susanna est forte, généreuse. Elle ne

m'aurait pas fait ce… mal. Jamais. Et puis, où serait-elle allée se cacher ?

— Elle avait de l'argent sur elle ?

— Bah ! Au maximum, une trentaine d'euros.

— Elle n'a pas de parents, d'amis auxquels elle est attachée ?

— Susanna ne fréquentait, et encore pas souvent, que la maison de mon frère. Et puis elle fréquentait ce garçon qui m'a aidé dans les recherches. Ils allaient ensemble au cinéma ou à la pizzeria. Il n'y avait personne d'autre à qui elle se confiait.

— Et l'amie chez laquelle elle allait étudier ?

— Juste une camarade d'études, je crois.

Maintenant, on entrait sur un terrain difficile et il fallait poser les questions avec prudence pour ne pas offenser davantage cet homme blessé. Montalbano poussa un soupir profond, l'air du matin était, malgré tout, doux, parfumé.

— Écoutez, le copain de votre fille… comment s'appelle-t-il ?

— Francesco. Francesco Lipari.

— Susanna s'entendait bien avec Francesco ?

— À ce qu'il me semble, pour l'essentiel, oui.

— Qu'est-ce que ça veut dire, pour l'essentiel ?

— Ça veut dire que, au téléphone, quelquefois, je les entendais se disputer… mais c'étaient des bêtises, des histoires de gamins amoureux.

— Se pourrait-il que Susanna ait rencontre quelqu'un qui l'aurait secrètement convaincue de…

— … de le suivre, vous voulez dire ? Commissaire, Susanna a toujours été une fille loyale. Si elle avait commencé une relation avec un autre, elle en aurait certainement informé Francesco et l'aurait quitté.

— Donc, vous êtes sûr qu'il s'agit d'un enlèvement.

— Malheureusement, oui.

Sur le seuil de la villa, apparut Fazio.

— Qu'y a-t-il ? demanda le géologue.

— J'ai entendu la sonnette.

Mistretta se précipita, Montalbano le suivit sans hâte, pinsif. Il entra au salon et alla s'asseoir dans le fauteuil libre devant le téléphone.

— Peuchère, dit Fazio. Ce pôvre Mistretta me fait une de ces peines !

— Ça te paraît pas bizarre que les kidnappeurs n'aient pas encore téléphoné ? Il est presque dix heures.

— Je suis pas spécialiste des enlèvements, dit Fazio.

— Moi non plus. Et Mimì non plus.

Comment dit-on, déjà ? Pirsonna trista, nominata et vistaxx. Juste à ce moment, Mimì Augello entra.

— Nous n'avons rien trouvé. Et maintenant, qu'est-ce qu'on fait ?

— Préviens de l'enlèvement tous ceux qui doivent être prévenus. Donne-moi l'adresse de l'oncle de Susanna et aussi le nom et l'adresse de la petite avec laquelle elle étudiait.

— Et toi ? demanda Mimì tandis qu'il écrivait sur un bout de papier ce que lui avait demandé Montalbano.

— Moi, je dis au revoir à M. Mistretta dès qu'il revient et je vais au bureau.

— Mais tu n'es pas en convalescence ? demanda Mimì. Moi, je t'ai fait venir seulement pour avoir un conseil et pas…

— Et toi, tu te sens de laisser le commissariat dans les seules mains de Catarella ?

Il n'y eut pas de réponse mais un silence inquiet tomba.

— Si les ravisseurs se manifestent bientôt, comme je l'espère, avertis-moi tout de suite, dit le commissaire sur un ton définitif.

— Pourquoi espérez-vous que les ravisseurs se manifestent vite ? demanda Fazio.

Avant de répondre, le commissaire lut le papier que lui avait tendu Augello et le glissa dans sa poche.

— Parce que comme ça, nous serons certains que l'enlèvement a été fait pour l'argent. Soyons clairs. Une petite comme Susanna n'a pu être enlevée que pour deux motifs : pour le fric ou pour être violée. Gallo m'a dit qu'il s'agit d'une fille très belle. Dans le second cas, la probabilité qu'elle ait été tuée après le viol est très forte.

Froid glacial. Dans le silence, on entendit les pas traînants du géologue qui revenait. Il vit Augello.

— Vous avez trouvé quelque… ?

Mimì fit signe que non avec la tête.

Mistretta eut un vertige, vacilla, Mimì s'empressa de le soutenir.

— Mais pourquoi ils ont fait ça ? Pourquoi ? s'écria-t-il en se prenant le visage dans les mains.

— Comment, pourquoi ? le reprit Augello, pinsant le consoler. Vous allez voir qu'ils vont demander une rançon, le juge très probablement consentira à ce que vous payiez et…

— Avec quoi, je paierai ? Comment je paierai ? cria l'homme, désespéré. Tout le monde sait que nous vivons de ma retraite, non ? Et que la seule chose que nous possédons, c'est cette maison ?

Montalbano était à côté de Fazio. Il l'entendit murmurer :

— Sainte Mère ! Et alors…

Il se fit laisser par Gallo devant la maison de la camarade d'études de Susanna qui s'appelait Tina Lofaro et habitait dans la rue principale du bourg dans une maison de trois étages, plutôt ancienne. Comme, du reste, toutes celles du centre. Le commissaire allait sonner quand la porte de l'immeuble s'ouvrit sur une dame quinquagénaire avec un panier à provisions vide sous le bras.

— Laissez ouvert, dit Montalbano.

La dame parut un instant indécise, un bras tendu en arrière pour garder ouvert le battant qui voulait se refermer, combattue entre la courtoisie et la prudence, mais après l'avoir toisé de la tête aux pieds, elle s'adécida et s'éloigna. Le commissaire entra et ferma la porte derrière lui. Il n'y avait pas d'ascenseur, sur les boîtes aux lettres, le logement des Lofaro correspondait à l'appartement numéro 6, ce qui signifiait, vu qu'à chaque étage, il y avait trois appartements, qu'il devait s'en taper trois à pied. Il avait délibérément évité d'annoncer sa visite, il savait d'expérience que l'apparition soudaine d'un homme de *liggi*, de loi, provoque au strict minimum un certain malaise même chez quelqu'un qui serait l'honnêteté en pirsonne, et qui se demande aussitôt : qu'est-ce que j'ai fait de mal ? Passque toutes les pirsonnes honnêtes pensent avoir fait quelque chose de mal, même à leur insu. Les déshonnêtes, en revanche, sont convaincues d'avoir toujours agi honnêtement. Et donc, honnêtes ou pas, les gens sont mal à l'aise. Et cet état permet de trouver le défaut dans la cuirasse défensive de chacun.

Il espérait donc, quand il appuya sur la sonnette, que ce serait justement Tina qui viendrait lui ouvrir. Prise par surprise, la petite aurait certainement révélé si Susanna lui avait confié quelque petit secret propre à faire avancer l'enquête. La porte s'ouvrit et apparut une fille de vingt ans mochtingue, petite de taille, noire comme un corbeau, grassouillette et portant d'épaisses lunettes. Tina, à coup sûr. Et la prise au dépourvu fonctionna. Mais à l'envers.

— Le commissaire Mon… commença-t-il.

— … talbano vous êtes ! s'exclama Tina avec un sourire qui lui fendait le visage d'une oreille à l'autre. Madone, c'est génial ! J'aurais jamais cru vous rencontrer ! Génial ! Toute suante d'émotion, je suis ! Quel bonheur !

Montalbano parut adevenu une marionnette sans fil, il

aréussissait plus à bouger. Ahuri, il observait un phénomène : la petite, devant lui, avait commencé à s'évaporer, une vapeur aqueuse l'entourait. Tina fondait comme un pain de beurre au soleil d'été. Puis, la petite tendit une main moite, agrippa le commissaire par un poignet, le tira à l'intérieur, ferma la porte. Ensuite, elle resta devant lui, extatique, muette, le visage rouge comme une pastèque mûre, les mains jointes comme en prière, l'œil brillant. Un instant, le commissaire se sentit comme la madone de Pompéi.

— Je voudrais… hasarda-t-il.

— Mais bien sûr ! Excusez-moi ! Venez ! s'exclama Tina en s'arrachant à l'extase et en le précédant vers l'habituel salon. Là, quand vous m'êtes apparu en chair et en os, j'ai failli m'évanouir ! Comment allez-vous ? Comment vous êtes-vous remis ? C'est génial ! Moi, je vous regarde toujours quand vous passez à la télévision, vous savez ? Je lis beaucoup de polars, je suis une passionnée, mais vous, commissaire, vous êtes beaucoup mieux que Maigret, que Poirot, que… Un café ?

— Qui ? demanda Montalbano, ahuri.

Comme cette fille avait parlé presque sans interruption, le commissaire avait entendu « qu'Uncafé ». « Uncafé », c'était peut-être un personnage de policier créé par un écrivain sud-américain inconnu de lui.

— Un café, vous le prenez ?

Peut-être que ça s'imposait.

— Oui, si ça ne vous dérange pas…

— Mais non ! Maman est sortie il y a juste cinq minutes pour faire les commissions et je suis seule à la maison, la bonne ne vient pas ce matin, mais je vais vous le préparer en une minute !

Elle disparut. Ils étaient seuls dans l'appartement ? Le commissaire s'inquiéta. Cette petite était capable de tout. Il entendit venir de la cuisine des bruits de tasse et une espèce de murmure. Avec qui parlait-elle, si elle avait dit qu'il n'y avait personne d'autre à la maison ? Elle parlait seule ? Il se leva, sortit du salon, la cuisine était la deuxième porte à gauche, il s'approcha sur la pointe des pieds. Tina parlait dans son portable à voix basse.

— … il est ici chez moi, je te dis ! Je plaisante pas ! Il m'est apparu d'un coup devant moi ! Si tu viens d'ici dix minutes, tu le retrouveras sûrement encore ici. Ah, Sandra, écoute, avertis Manuela qui veut certainement venir elle aussi. Ah, amène l'appareil photo, comme ça on se fait toutes une photo avec lui.

Montalbano revint sur ses pas. Manquait plus que ça ! Trois gamines de vingt ans qui se jettent sur lui comme sur un chanteur rock ! Il décida de se débarrasser de Tina en moins de dix minutes. Il se but le café bouillant en se brûlant les lèvres et attaqua les questions. Mais l'effet surprise n'avait pas réussi et donc le commissaire, de cette conversation, ne retira à peu près rien.

— Amies, vraiment amies, je dirais que non. On s'est connues à l'université. Nous avons découvert toutes les deux que nous habitions à Vigàta et nous avons décidé d'étudier ensemble pour notre premier examen et c'est comme ça que depuis un mois ou un peu plus, chaque après-midi, de cinq heures à huit heures, elle venait chez moi.

— Oui, je crois qu'elle aime beaucoup Francesco.

— Non, elle ne m'a jamais parlé d'autres garçons.

— Non, même pas non plus d'autres personnes qui lui faisaient la cour.

— Susanna est généreuse, loyale, mais on ne peut pas dire que ce soit une personne expansive. Elle a tendance à tout garder en elle.

— Non, hier soir elle est partie comme d'habitude. Et nous nous sommes donné rendez-vous aujourd'hui à cinq heures.

— Ces derniers temps, elle était comme toujours. La

santé de sa mère était sa préoccupation constante. Vers sept heures, nous faisions une pause. Et Susanna en profitait pour téléphoner chez elle et prendre des nouvelles de sa mère. Oui, elle l'a fait hier aussi.

— Commissaire, je ne crois absolument pas à un enlèvement. Pour ça, je suis assez tranquille. Oh, mon Dieu, que c'est génial, d'être interrogée par vous ! Vous voulez savoir quelle est mon opinion ? Sainte Mère, quel bonheur ! Le commissaire Montalbano veut connaître mon opinion ! Voilà, je crois que Susanna s'est éloignée volontairement. Elle va revenir d'ici quelques jours. Elle a voulu se prendre un peu de repos, elle en pouvait plus de voir sa mère jour et nuit.

— Comment, vous partez déjà ? Vous ne m'interrogez plus ? Vous ne pouvez pas attendre cinq minutes, qu'on fasse une photo ensemble ? Vous ne me convoquez pas au commissariat ? Non ?

Elle se leva d'un bond en voyant le commissaire se redresser. Et fit un mouvement que Montalbano interpréta à tort comme un début de danse du ventre. Il fut atterré.

— Je vous convoquerai, je vous convoquerai, dit-il en se précipitant vers la porte.

En voyant surgir devant lui le commissaire, Catarella fut sur le point de tomber à terre évanoui.

— Vierge Marie, quelle bonne heure ! Quelle contentation de vous revoir de nouveau nouvellement icite, *dottori* !

Il venait juste d'entrer dans son bureau que la porte vint battre violemment contre le mur. Comme il en avait perdu l'habitude, il eut peur.

— Qu'est-ce qu'il y eut ?

Sur le seuil, se tenait Catarella hors d'haleine.

— Rin, il n'y eut rien, *dottori*. La main me glissa.

— Qu'est-ce que tu veux ?

— Ah, *dottori, dottori* ! La félicitation de votre arrivée me le fit sortir de la tête ! Il y a que monsieur qu'est le Questeur vous a cherché très urgemment de façon urgente !

— Très bien, appelle-le et passe-le-moi.

— Montalbano ? Avant tout, comment allez-vous ?

— Assez bien, merci.

— Je me suis permis de vous appeler chez vous mais votre… la dame m'a dit… et alors…

— Je vous écoute, monsieur le Questeur.

— J'ai appris l'enlèvement. Sale histoire, n'est-ce pas ?

— Très sale.

Les superlatifs, avec le Questeur, fonctionnaient toujours. Mais où en voulait-il venir avec ce coup de fil ?

— Voilà… je suis venu vous prier de reprendre le service, momentanément, entendons-nous bien, et toujours à condition que vous soyez en condition de… Le *dottor* Augello devra tôt ou tard coordonner les recherches sur le terrain et moi, je n'ai personne qui puisse le remplacer à Vigàta… Vous me comprenez ?

— Certainement.

— Très bien. Je vous informe officiellement que l'enquête sur l'enlèvement sera confiée au *dottor* Minutolo qui, étant calabrais…

Mais qu'est-ce qu'il racontait, Minutolo était d'Alì, province de Messine.

— … étant calabrais, s'y connaît en enlèvements.

Donc, en suivant rigoureusement la logique du Questeur Bonetti-Alderighi, il suffisait qu'un type soit chinois pour s'y connaître en fièvre jaune.

— Vous, poursuivait le Questeur, n'envahissez pas, comme vous en avez l'habitude, le terrain des autres, j'insiste. Limitez-vous à une action d'appui ou, au maximum, conduisez de manière autonome quelques petites enquêtes latérales qui ne vous fatiguent pas trop et qui puissent confluer avec l'enquête principale du *dottor* Minutolo.

— Vous pouvez me donner un exemple pratique ?

— De quoi ?

— De comment confluer avec le *dottor* Minutolo.

Il s'amusait à jouer les crétins complets avec le Questeur mais le problème, c'était que ce dernier le prenait vraiment pour un crétin complet. Bonetti-Alderighi soupira si fort que Montalbano l'entendit. Peut-être valait-il mieux s'abstenir d'insister dans ce petit jeu.

— Excusez-moi, excusez-moi, je crois avoir compris. Si l'enquête principale est menée par le *dottor* Minutolo, le *dottor* Minutolo serait le Pô et moi la Dora, Riparia ou Baltea[1], peu importe. C'est bien ça ?

— C'est bien ça, dit d'une voix lasse le Questeur.

Et il raccrocha.

Le seul point positif qui ressortait de ce coup de fil, c'était que l'enquête avait été confiée à Filippo Minutolo, dit Fifì, pirsonne intelligente avec laquelle on pouvait raisonner.

Il téléphona à Livia pour lui dire qu'il avait été rappelé en service, même si c'était dans le rôle de Dora Riparia (ou Baltea). Livia n'arépondit pas, elle avait sûrement pris la voiture pour aller rousiner dans la vallée des temples ou au musée, comme elle faisait chaque fois qu'elle venait à Vigàta. Il l'appela sur son portable, mais ce dernier était éteint. Pour être précis, la voix enregistrée disait que la personne appelée n'était pas joignable. Et conseillait d'essayer de nouveau plus tard. Mais comment joindre l'injoignable ? Comme d'habitude, les gens du téléphone s'amusaient à flirter avec l'absurde. Ils disaient, par exemple, « le numéro appelé est inexistant… ». Mais comment se permettaient-ils

1. Le Dora Riparia et le Dora Baltea sont des affluents du grand fleuve italien le Pô. *(N.d.T.)*

une affirmation pareille ? Tous les numéros qu'on aréussissait à penser existaient. Si un seul numéro venait à manquer, un seul dans l'ordre infini des numéros, le monde entier serait précipité dans le chaos. Est-ce que les gens du téléphone s'en rendaient compte[1] ?

En tout cas, vu l'heure qu'il était maintenant, inutile de penser aller manger à Marinella. Ni au frigo ni dans le four, il ne trouverait quelque chose préparé par Adelina. La bonne, avertie de la prisence de Livia, ne se récamperait pas avant son départ certifié, les deux bonnes femmes avaient trop d''ntipathie l'une pour l'autre.

Il se levait pour aller manger à la trattoria « Chez Enzo » quand Catarella lui dit qu'au tiliphone, il y avait le *dottori* Minutolo.

— Du neuf, Fifì ?

— Rien, Salvo. Je t'appelle à propos de Fazio.

— Je t'écoute.

— Tu peux me le prêter ? Tu sais, pour cette enquête, le Questeur ne m'a même pas attribué un homme, rien que les techniciens qui ont mis le téléphone sur écoute et qui sont partis. Il a dit que je suffisais.

— Parce que tu es calabrais et donc expert en enlèvements, c'est ce que m'a expliqué M. le Questeur.

Minutolo murmura quelque chose qui n'avait pas du tout l'air d'une louange frénétique pour son supérieur.

— Alors, tu me le prêtes jusqu'à ce soir ?

— S'il ne s'effondre pas avant. Écoute, ça te paraît pas bizarre que les ravisseurs ne se soient pas encore manifestés ?

— Non, pas du tout. À moi, il m'est arrivé, en Sardaigne, qu'ils n'ont daigné transmettre un message qu'au bout d'une semaine et une autre fois…

1. En italien, le mot « *numero* » signifie à la fois « numéro » et « nombre », ce qui explique la perplexité métaphysique de Montalbano. *(N.d.T.)*

— Tu vois que tu es un expert, comme dit M. le Questeur ?

— Mais allez vous faire mettre, lui et toi !

Montalbano aprofita honteusement de sa permission de sortie et du fait que Livia était introuvable.

— Bon retour, *dottore* ! Vous arrivez vraiment le bon jour ! lança Enzo.

Exceptionnellement, celui-ci avait priparé le couscous avec huit sortes de poissons, mais seulement pour les clients dont la tête lui revenait. Parmi eux, naturellement, figurait le commissaire qui, à l'instant où il vit l'assiette devant lui, et en sentit les fragrances, eut un accès d'émotion irrépressible. Enzo s'en aperçut mais se méprit, heureusement.

— Commissaire, vous avez les yeux brillants ! Par hasard, vous auriez un peu de fièvre ?

— Oui, mentit-il sans retenue.

Il en bâfra deux portions. Après, il eut le culot de dire que quelques petits rougets, il dirait pas non. Donc, la balade jusque sous le phare fut une nicessité digestive.

Revenu au commissariat, il appela Livia. Le portable dit encore que la personne n'était pas joignable. Tant pis.

Arriva Galluzzo pour faire un rapport sur une histoire qui concernait un vol au supermarché.

— Excuse-moi, mais le *dottor* Augello n'est pas là ?

— Oui, *dottore*, il est là.

— Alors vas-y et cette histoire, tu la lui racontes à lui, avant qu'il soit engagé sur le terrain, comme dit M. le Questeur.

Inutile de se le dissimuler, la disparition de Susanna acommençait sérieusement à l'inquiéter. Sa vraie crainte était que la petite ait été enlevée par un maniaque sexuel. Et peut-être était-il juste de suggérer à Minutolo d'organiser tout de suite les recherches, plutôt que d'attendre un coup de fil qui n'arriverait probablement jamais.

Il prit dans sa poche le bout de papier sur lequel Augello avait écrit des informations et composa le numéro du fiancé de Susanna.

— Allô ? Je suis bien chez les Lipari ? Le commissaire Montalbano, je suis. Je voudrais parler avec Francesco.

— Ah, c'est vous ? C'est moi, commissaire.

Il y avait une nuance de déception dans sa voix, évidemment, il avait espéré que c'était Susanna qui l'appelait.

— Écoutez, vous pourriez passer me voir ?

— Quand ?

— Maintenant, si vous pouvez.

— Il y a du neuf ?

Cette fois, l'anxiété avait succédé à la déception.

— Aucune, mais je voudrais parler un peu avec vous.

— J'arrive tout de suite.

QUATRE

Et de fait, il se présenta que dix minutes n'étaient pas encore passées.

— Vous savez, avec la motocyclette, on va vite.

Un beau jeune. Grand, élégant, le regard clair et ouvert. Mais ça se voyait qu'il était dévoré par l'inquiétude. Il s'assit juste sur le bord du siège, nerfs tendus.

— Vous avez déjà été interrogé par mon collègue Minutolo ?

— Personne ne m'a interrogé. J'ai appelé le père de Susanna en fin de matinée pour savoir si… mais malheureusement, il n'y a pas encore…

Il s'arrêta, mata droit dans les yeux le commissaire.

— Et ce silence me fait penser au pire.

— C'est-à-dire ?

— Qu'elle a été enlevée par quelqu'un qui voulait abuser d'elle. Et donc, ou bien elle est encore entre ses mains ou bien ce type l'a déjà…

— Qu'est-ce qui vous le fait penser ?

— Commissaire, ici, tout le monde le sait que le père de Susanna n'a pas un sou. Autrefois, il était riche, mais il a dû tout vendre.

— Pour quelle raison ? Ses affaires ont mal tourné ?

— Pour quelle raison, je l'ignore, mais c'était pas

quelqu'un qui faisait des affaires, il avait mis de côté pas mal d'argent, il était bien payé pour son travail. Puis, je crois que la mère de Susanna aussi avait hérité… je ne sais pas, franchement.

— Continuez.

— Je disais : vous pouvez imaginer des kidnappeurs qui ignorent la situation économique réelle de la victime ? Qui commettent une bévue ? Allons donc ! Ces gens-là, ils en savent plus que le fisc !

Le raisonnement tenait.

— Et puis, il y a autre chose, continua le jeune. Je suis allé attendre Susanna au moins quatre fois sous les fenêtres de Tina. Quand elle sortait, sur nos motocyclettes, on se dirigeait vers la villa. De temps en temps, on s'arrêtait et puis on poursuivait. Quand on arrivait au portail, on se disait au revoir et puis je rentrais. Nous avons toujours suivi la même route. La plus courte, celle que Susanna faisait toujours. Hier soir, au contraire, Susanna a pris une route différente, solitaire, impraticable par endroits, il faut un quatre-quatre, très mal éclairée, beaucoup plus longue que l'autre. Je ne sais pas pourquoi. Mais cette route est un endroit idéal pour un enlèvement. Peut-être s'agit-il d'une terrible rencontre occasionnelle.

Ce jeune, ça carburait bien sous son crâne.

— Quel âge avez-vous, Francesco ?

— Vingt-trois. Tutoyez-moi, si vous voulez. Vous pourriez être mon père.

Avec une morsure au cœur, Montalbano pinsa que, à ce point de sa vie, il ne pourrait jamais devenir père d'un jeune comme celui-là.

— Tu études ?

— Oui. Le droit. L'année prochaine, je passe la licence.

— Qu'est-ce que tu veux faire ?

Il posait la question pour faire baisser la tension.

— Ce que vous faites, vous.

Il crut ne pas avoir bien entendu.

— Tu veux entrer dans la police ?

— Oui.

— Pourquoi ?

— Parce que ça me plaît.

— Bonne chance. Écoute, pour en revenir à ton hypothèse du violeur… qui n'est qu'une hypothèse, attention…

— À laquelle vous avez sûrement pensé.

— Bien sûr. Susanna t'a jamais confié avoir reçu des propositions osées, des coups de fil obscènes, des trucs de ce genre ?

— Susanna est très réservée. Des compliments, elle en recevait, oui. Où qu'elle aille. C'est une belle fille. Certaines fois, elle me les racontait et on en riait. Mais je suis sûr qu'elle m'en aurait parlé, s'il lui était arrivé des choses qui pouvaient l'inquiéter.

— Son amie Tina est certaine que Susanna s'en est allée de sa propre volonté.

Francesco le fixa, abasourdi, bouche bée :

— Et pourquoi ?

— Une crise soudaine. La douleur, la tension provoquée par la maladie de la mère, la fatigue physique de la soigner, les études. C'est une fille fragile, Susanna ?

— Tina pense ça ? Alors, c'est évident qu'elle ne connaît pas Susanna ! Les nerfs de Susanna vont finir par craquer, c'est certain, mais c'est tout aussi sûr que l'effondrement n'aura lieu qu'après la mort de sa mère ! Jusque-là, elle restera à son chevet. Parce que, quand elle se met quelque chose en tête et qu'elle en est convaincue, elle est d'une détermination… Fragile, tu parles ! Non, croyez-moi, c'est une hypothèse absurde.

— À propos, qu'est-ce qu'elle a, la mère de Susanna ?

— Commissaire, sincèrement, je n'y ai rien compris. Il y a quinze jours, l'oncle de Susanna, Carlo, le médecin, a réuni une espèce de commission de deux spécialistes venus l'un de Rome et l'autre de Milan. Ils ont écarté les bras. Susanna m'a expliqué que sa mère meurt d'une maladie incurable, qui est le refus de la vie. Une sorte de dépression mortelle. Et quand je lui en ai demandé le motif, de cette dépression, parce que je crois qu'il y a réellement un motif, elle m'a répondu évasivement.

Montalbano ramena la discussion sur la petite.

— Comment tu l'as connue, Susanna ?

— Par hasard, dans un bar. Elle était avec une fille que j'ai fréquentée.

— C'était quand ?

— Il y a six mois.

— Et vous avez sympathisé tout de suite ?

Francesco eut un sourire contrit.

— Sympathie ? Amour au premier coup d'œil.

— Vous le faisiez ?

— Quoi ?

— L'amour.

— Oui.

— Où ?

— Chez moi.

— Tu vis seul ?

— Avec mon père. Qui voyage, qui va souvent à l'étranger. C'est un marchand de bois. Actuellement, il est en Russie.

— Et ta mère ?

— Ils sont divorcés. Ma mère s'est remariée et vit à Syracuse.

Francesco parut vouloir ajouter quelque chose, ouvrit et ferma la vouche.

— Continue, l'incita Montalbano.

— Mais…

— Je t'écoute.

Le jeune hésita, il était clair qu'il avait honte de parler d'un sujet aussi intime.

— Quand tu seras dans la police, tu verras que toi aussi tu seras contraint de poser des questions indiscrètes.

— Je voulais dire que nous ne l'avons pas fait souvent.

— Elle ne veut pas ?

— C'est pas exactement ça. C'est toujours moi qui lui ai proposé de venir chez moi. Mais chaque fois, je l'ai sentie, je ne sais pas, distante, absente. Elle était là pour me faire plaisir, voilà. J'ai compris que la maladie de sa mère lui pesait. Et j'ai eu honte d'exiger… Ce n'est que hier après-midi…

Il s'interrompit. Fit de drôles de brègues, un peu perplexes.

— C'est bizarre, murmura-t-il.

Le commissaire tendait les esgourdes.

— Ce n'est que hier après-midi… ? insista-t-il.

— C'est elle qui m'a demandé si on allait chez moi. Et moi, j'ai répondu oui. Nous n'avions pas beaucoup de temps, étant donné qu'elle avait été à la banque et qu'elle devait aller étudier chez Tina.

Le jeune était encore étonné.

— Peut-être a-t-elle voulu te récompenser de ta patience, dit Montalbano.

— Peut-être que vous avez raison. Parce que cette fois, pour la première fois, Susanna était là. Entièrement. Avec moi. Vous me comprenez ?

— Oui. Excuse-moi, il me semble que tu as dit qu'avant de te rencontrer, elle était passée à la banque. Tu sais pourquoi elle y est allée ?

— Elle devait retirer de l'argent.

— Et elle l'a fait ?

— Bien sûr.

— Tu sais combien elle a retiré ?

— Non.

Alors pourquoi le père de Susanna lui avait-il dit que sa fille avait en poche au maximum une trentaine d'euros ? Peut-être ignorait-il qu'elle était passée à la banque ? Il se leva, le garçon l'imita.

— Très bien, Francesco, tu peux y aller. Ça a été un vrai plaisir de te connaître. Si j'ai besoin de toi, je te téléphone.

Il lui tendit la main, Francesco la serra.

— Vous me permettez de vous demander quelque chose ? dit-il.

— Bien sûr ?

— Pourquoi, d'après vous, la motocyclette de Susanna était-elle placée comme elle était ?

Il allait adevenir un bon flic, Francesco Lipari, pas de doute.

Il téléphona à Marinella. Livia venait de rentrer, heureuse.

— J'ai découvert un endroit merveilleux, tu sais ? dit-elle. Il s'appelle Kolymbetra. Imagine, c'est un ancien bassin gigantesque creusé par des prisonniers carthaginois.

— Où est-ce ?

— Juste là, aux temples. Maintenant, c'est une espèce de jardin d'Éden, ouvert depuis peu au public.

— Tu as déjeuné ?

— Je n'ai pas déjeuné. À Kolymbetra, j'ai acheté un sandwich.

— Moi aussi, je n'ai mangé qu'un sandwich.

La menterie lui était sortie toute seule, spontanée. Pour quelle raison ne lui avait-il pas raconté qu'il s'était empiffré de couscous et de rougets, transgressant ainsi l'espèce de régime auquel elle le contraignait ? Pourquoi ? Peut-être par un ensemble de vergogne, de lâcheté et d'envie de ne pas provoquer d'engueulade.

— Pauvre chéri ! Tu rentres tard ?

— Je ne crois pas, non.

— Alors, je prépare quelque chose.

Et voilà la punition immédiate pour sa menterie : il expierait en mangeant le dîner préparé par Livia. C'est pas qu'elle cuisinait très mal, mais elle avait tendance à tomber dans l'insipide, dans le peu d'assaisonnement, dans le très léger, dans le goût qui est là sans y être. Plutôt que cuisiner, Livia évoquait la cuisine.

Il adécida de faire un saut à la villa pour voir où on en était. Il prit la voiture et, quand il arriva dans les parages, commença à remarquer la densité inhabituelle de la circulation. Et de fait, garées dans la rue le long de la villa, il y avait une dizaine de voitures et devant le portail fermé six ou sept personnes se pressaient, caméra à l'épaule, pour prendre l'allée et le jardin. Montalbano ferma les fenêtres et poursuivit, klaxonnant comme un désespéré, presque jusqu'à heurter le portail.

— Commissaire ! Commissaire Montalbano !

Des voix assourdies l'appelaient, un cornard de photographe l'aveugla d'une rafale de flashes. Heureusement, l'agent de Montelusa qui était de garde l'areconnut et lui ouvrit. Le commissaire entra avec la voiture, s'arrêta, descendit.

Au salon, il trouva Fazio assis dans le fauteuil habituel, il était blême, avec des cernes, manifestement très fatigué. Les yeux fermés, il gardait la tête en arrière, appuyée au dossier. Au téléphone étaient à présent reliés des appareils variés, un magnétophone, des écouteurs. Un autre agent, qui n'était pas du commissariat de Vigàta, se tenait debout près de la fenêtre et matait une revue. À l'instant où le commissaire entrait, le téléphone sonna. Fazio sursauta, en un vire-tourne, il coiffa le casque d'écoute, actionna le magnéto, souleva le combiné.

— Allô ?

Il écouta quelques secondes.

— Non, M. Mistretta n'est pas chez lui… Non, n'insistez pas.

Il raccrocha et vit le commissaire. Retira les écouteurs et se leva.

— Ah, *dottore* ! Ça fait trois heures que le téléphone sonne sans arrêt ! J'ai la tête comme un ballon ! Je sais pas comment ça se fait, mais tout le monde, dans toute l'Italie, a appris cette disparition et téléphone pour interviewer ce pôvre malheureux de père !

— Où est le *dottor* Minutolo ?

— À Montelusa, il se prépare une mallette. Cette nuit, il vient dormir ici. Il est parti il y a pas longtemps.

— Et Mistretta ?

— Il vient juste de monter près de sa femme. Ça fait une heure qu'il s'est aréveillé.

— Il a réussi à dormir ?

— Il a eu du mal, mais on l'a fait dormir. À l'heure de manger, son frère s'est présenté, le médecin, avec une infirmière qui va passer la nuit avec la malade. Et le médecin a voulu faire une piqûre de calmant au frère. Ça se voit que ça lui a donné sommeil. Vous savez, *dottore*, il y a eu une espèce de discussion entre les deux frères.

— Il voulait pas de la piqûre ?

— Pour ça aussi. Mais avant, M. Mistretta s'est fâché quand il a vu l'infirmière. Il a dit à son frère qu'il n'avait pas d'argent pour la payer et l'autre lui a rétorqué qu'il s'en occuperait lui. Alors, M. Mistretta s'est mis à chialer, il a dit qu'il en était réduit à demander l'aumône… Peuchère, il m'a fait une de ces peines !

— Écoute, Fazio, peine ou pas peine, toi, ce soir, tu plies bagage et tu t'en vas te reposer chez toi, d'accord ?

— D'accord, d'accord. Voilà M. Mistretta.

Le sommeil ne lui avait pas réussi, à Mistretta. Il chancelait, il marchait avec des jambes de flanelle et ses mains tremblaient. En voyant Montalbano, il s'alarma :

— Oh mon Dieu ! Qu'est-ce qui se passe ?

— Rien, croyez-moi. Ne vous agitez pas. Vu que je

suis là, je voudrais vous poser une question. Vous vous sentez de répondre ?

— J'essaierai.

— Merci. Vous vous rappelez que ce matin, vous m'avez dit que Susanna avait peut-être sur elle au maximum une trentaine d'euros ? C'était la somme que votre fille d'habitude avait sur elle ?

— Oui, je vous le confirme. C'est cette somme, plus ou moins.

— Vous savez que hier, dans l'après-midi, elle est allée à la banque ?

Mistretta eut une expression abasourdie.

— Dans l'après-midi ? Je ne le savais pas. Qui vous l'a dit ?

— Francesco, le copain de Susanna.

M. Mistretta semblait sincèrement étonné. Il s'assit sur la première chaise à sa portée, se passa une main sur le front. Il faisait un gros effort pour y comprendre quelque chose.

— À moins que… murmura-t-il.

— À moins que ?

— Voilà, hier matin, j'ai dit à Susanna de passer à la banque pour voir si on m'avait viré quelques arriérés de retraite qui m'étaient dus. Le compte est à nos deux noms. S'il y avait l'argent, elle devait retirer trente mille euros et payer des dettes que, franchement, je ne voulais plus avoir. Ça me pesait.

— Pardonnez-moi, mais quelles dettes ?

— Bah, la pharmacie, les fournisseurs… Ce n'est pas qu'ils aient fait pression mais c'est moi qui… À midi, quand Susanna est revenue à la maison, je ne lui ai pas demandé si elle l'avait fait, peut-être…

— … peut-être qu'elle l'avait oublié et qu'elle ne s'en est rappelé que dans l'après-midi, conclut pour lui le commissaire.

— Ça doit être sûrement ça, dit Mistretta.

— Mais cela signifie que Susanna avait sur elle trente mille euros et quelque. Ce qui n'est certes pas une grosse somme mais pour un voyou…

— Mais elle a dû payer les dettes !

— Non, elle ne l'a pas fait.

— Comment pouvez-vous en être sûr ?

— Parce que, quand elle est sortie de la banque, elle est restée à… à bavarder avec Francesco.

— Ah.

Puis il se tapa dans les mains.

— Mais… on peut vérifier par téléphone.

Il se leva avec difficulté, approcha de l'appareil, composa un numéro, parla d'une voix si basse qu'on entendit seulement :

— Allô ? Pharmacie Bevilacqua ?

Il raccrocha presque aussitôt.

— Vous avez raison, commissaire, elle n'est pas passée à la pharmacie pour régler l'ardoise que nous y avons… et si elle n'a pas été à la pharmacie, elle n'est certainement pas allée chez les autres.

Et tout à coup, il cria :

— Oh, Sainte Madone !

Cela semblait impossible : mais son visage, déjà plus que blême, blêmit encore davantage. Montalbano eut peur qu'il ait une attaque.

— Qu'est-ce qu'il y a ?

— Maintenant, ils vont pas me croire ! gémit Mistretta.

— Qui ne va pas vous croire ?

— Les kidnappeurs ! Parce que j'ai dit au journaliste…

— Quel journaliste ? Vous avez parlé avec les journalistes ?!

— Oui, avec un seul. Le *dottore* Minutolo m'a autorisé.

— Mais pourquoi, grand Dieu ?

Mistretta le fixa, abasourdi.

— Je ne devais pas ? Je voulais envoyer un message aux ravisseurs… dire qu'ils sont en train de commettre une terrible erreur, que je n'ai pas l'argent de la rançon… maintenant, s'ils lui trouvent ce qu'elle a en poche… vous comprenez, une gamine qui se promène avec tout cet argent… ils ne vont pas me croire ! Ma… pauvre… fille !

Les sanglots l'empêchèrent de poursuivre mais pour le commissaire, il avait déjà beaucoup parlé.

— Bonsoir.

Et il sortit du salon, pris d'une rage qu'il aréussissait pas à contrôler. Mais, putain, qu'est-ce qui lui était passé par la tête, à Minutolo, d'autoriser cette déclaration ? Tu parles comme ils allaient broder là-dessus, les journaux et les télévisions ! Et si ça se trouve, les ravisseurs allaient s'énerver et celle qui allait trinquer, ce serait la pôvre Susanna. À condition qu'il s'agisse bien d'une histoire de rançon à payer. Depuis le jardin, il appela l'agent qui lisait près de la porte-fenêtre :

— Va dire à ton collègue de me tenir le portail ouvert.

Il laissa la voiture rouler au-dehors, mit en marche, attendit un peu puis partit qu'on aurait dit Schumacher. Journalistes et cadreurs se jetèrent sur le côté en jurant.

— Mais qu'est-ce qu'il a, il est fou ? Il veut nous tuer ?

Au lieu de poursuivre sur la route qu'il avait faite à l'aller, il tourna à gauche, prenant la draille où avait été trouvée la motocyclette. Effectivement, elle n'était pas carrossable avec une voiture normale, il fallait avancer à la vitesse minimum et faire des manœuvres compliquées et incessantes pour ne pas aller donner des roues dans des fossés énormes et des dépressions du genre dunes du désert. Mais le pire était à venir. À près d'un demi-kilomètre de l'entrée du bourg, la draille était coupée par une vaste tranchée. À l'évidence, un des « travaux en cours » qui, chez nous, ont la particularité de continuer à suivre leur cours même quand l'univers entier ne suit plus son cours. Pour la franchir, Susanna avait dû descendre de la motocyclette en la poussant à la main. À moins qu'elle m'eût fait un tour beaucoup plus large, passque ceux qui avaient dû passer par là avaient créé, à force de passer dans un sens et dans l'autre, une espèce de contournement en rase campagne. Mais quel sens cela avait-il ? Pourquoi Susanna avait-elle suivi cette route ? Il lui vint une idée. Au prix de tant de manœuvres que l'épaule blessée recommença de lui faire mal, il fit demi-tour et retourna en arrière, la draille lui parut sans fin, et finalement il déboucha sur la route principale et s'arrêta. Le soir tombait. Il était indécis. S'il devait faire en pirsonne ce qu'il lui était venu à l'esprit, il lui faudrait au minimum une heure, ce qui signifiait arriver tard à Marinella et en conséquence s'engueuler avec Livia. Et lui, justement, il n'avait pas envie d'engueulade. D'autre part, il ne s'agissait pas d'un simple contrôle que n'importe qui au commissariat aurait pu faire. Il repartit en direction du bureau.

— Envoie-moi tout de suite le Dr Augello, dit-il à Catarella.

— *Dottori*, en pirsonne pirsonnellement, il est pas là.

— Qui est là ?

— Je vous les donne par ordre phabétique ?

— Dis-le comme tu veux.

— Et donc, il y aurait Gallo, Galluzzo, Germanà, Giallombardo, Grasso, Imbrò…

Il choisit Gallo.

— Je vous écoute, *dottore*.

— Écoute, Gallo, il faut que tu retournes dans cette draille où tu m'as accompagné ce matin.

— Qu'est-ce que je dois faire ?

— Le long de cette draille, il y a une dizaine de bicoques de campagne. Tu t'arrêtes dans chaque maison et tu demandes si quelqu'un connaît Susanna

Mistretta ou s'ils ont vu passer à hier soir une petite en motocyclette.

— Bon, bien, *dottore*, demain matin…

— Non, Gallo, peut-être que je me suis pas bien expliqué. Tu y vas tout de suite et après tu m'appelles à la maison.

Il arriva à Marinella un peu prioccupé par l'interrogatoire du troisième degré auquel allait le soumettre Livia. Et en fait, elle attaqua tout de suite, après lui avoir donné un baiser que Montalbano trouva distrait.

— Pourquoi tu as dû aller travailler ?

— Parce que le Questeur m'a rappelé en service.

Et il ajouta, à titre de précaution :

— Temporairement, seulement.

— Tu t'es fatigué ?

— Pas du tout.

— Il a fallu que tu conduises ?

— Je me suis toujours déplacé dans la voiture de service.

Fin de l'interrogatoire. Tu parles d'un troisième degré ! Un truc à l'eau de rose.

CINQ

— Tu as regardé le journal ? lui demanda-t-il à son tour, vu qu'il avait échappé au danger.

Livia arépondit qu'elle l'avait même pas allumée, la télévision. Il fallait donc attendre le journal de dix heures et demie sur Televigàta, parce que Minutolo avait sûrement choisi le journaliste de la télévision éternellement pro-gouvernementale, quel que soit le gouvernement au pouvoir. À part que les pâtes étaient un peu trop cuites et la sauce acide, à part que la viande ressemblait à un morceau de carton et en avait même la saveur, le dîner préparé par Livia ne pouvait être considéré comme une instigation au meurtre. Durant tout le repas, Livia lui parla du jardin de Kolymbetra, en essayant de lui communiquer quelque chose de l'émotion qu'elle avait éprouvée.

Tout d'un coup, elle s'interrompit, se leva et gagna la véranda.

Montalbano s'aperçut avec un certain retard qu'elle avait cessé de parler. Sans se lever, il demanda à haute voix à Livia, convaincu qu'elle était sortie parce qu'il y avait eu un bruit à l'extérieur :

— Qu'est-ce qu'il y a ? Qu'est-ce que tu as entendu ?

Livia réapparut, ses yeux jetant des flammes.

— Je n'ai rien entendu. Qu'est-ce que j'aurais dû entendre ? J'ai entendu ton silence, ça oui ! Moi je te parle et toi, tu ne m'écoutes pas ou, si tu fais semblant, tu réponds par ces grognements incompréhensibles !

Oh Seigneur, l'engueulade, non ! Il fallait l'éviter à tout prix ! Peut-être qu'en jouant la tragédie… Bon, il ne jouait pas totalement, car il y avait un fond de vérité : il se sentait sérieusement fatigué.

— Non, non, Livia, dit-il.

Il posa les coudes sur la table, se prit le visage dans les mains. Livia fut impressionnée ; tout de suite, elle changea de ton.

— Mais, écoute, Salvo, quelqu'un te parle et toi…

— Je sais, je sais, pardonne-moi, mais je suis fait comme ça et je ne me rends pas compte que…

Il parlait d'une voix étouffée, les mains plaquées sur les yeux. Et puis, d'un coup, il se leva et courut s'enfermer dans la salle de bains. Il se lava le visage, sortit.

Livia, repentante, était derrière la porte. Il avait fait du bon thiâtre, la spectatrice était émue. Ils s'embrassèrent, éperdus, en se demandant pardon mutuellement.

— Excuse-moi, c'est que, aujourd'hui, j'ai eu une journée…

— Excuse-moi, toi, Salvo.

Ils passèrent deux heures à bavarder sur la véranda. Puis ils rentrèrent et le commissaire alluma la télévision en la réglant sur Televigàta. L'enlèvement de Susanna Mistretta constituait évidemment la nouvelle du jour. Le journaliste parla de la petite et sur l'écran apparut une image d'elle. Montalbano se rendit compte qu'il n'avait jamais eu la curiosité de voir comment elle était faite. C'était une belle grande petite, blonde, l'œil bleu. Évidemment qu'on lui faisait des compliments tout au long de la rue, comme l'avait dit Francesco. Mais elle avait une expression assurée, déterminée, qui lui donnait quelques années de plus. Puis apparurent les images de la villa. Le journaliste n'avait pas le moindre doute en affirmant qu'il s'agissait d'un enlèvement, bien qu'aucune demande de rançon ne fût encore arrivée à la famille. Il conclut en annonçant la déclaration en exclusivité du père de la victime. Et apparut le géologue Mistretta.

Dès les premiers mots qu'il dit, Montalbano s'étonna. Il y a des pirsonnes qui, devant une caméra, se perdent, balbutient, deviennent strabiques, suent, disent des conneries – et lui, il appartenait à cette catégorie de malheureux – et d'autres, au contraire, qui restent très normales, parlent et bougent comme toujours. Puis, il y a une troisième catégorie, les élus : ceux qui, devant la caméra, acquièrent lucidité et clarté. Eh bien, le géologue appartenait à cette dernière. Peu de mots, nets, précis. Il dit que ceux qui avaient enlevé sa fille Susanna avaient commis une erreur : quelle que fût la somme qu'ils demanderaient pour sa libération, la famille ne serait absolument pas en mesure de la rassembler. Que les ravisseurs s'informent mieux. La seule chose à faire, donc, était de remettre Susanna en liberté, tout de suite. Si, au contraire, les ravisseurs voulaient une chose que lui ignorait, et qu'il n'arrivait même pas à imaginer, qu'ils le disent. Il ferait l'impossible pour satisfaire leurs demandes. Voilà tout. La voix était ferme, l'œil sec. Troublé oui, mais pas paniqué. Avec cette déclaration, le géologue s'était gagné l'estime et la considération des auditeurs.

— Ce monsieur est un vrai homme, dit Livia.

Le présentateur réapparut pour dire que les autres nouvelles, il les donnerait après le commentaire de ce qui était indiscutablement l'information du jour. Apparut le visage en cul de poule du principal journaliste de la station, Pippo Ragonese. Lequel partit de la prémisse que tout un chacun connaissait la modestie des moyens du géologue Mistretta dont la femme, à cette heure gravement malade, avait été autrefois riche mais avait tout perdu dans un revers de fortune. Et donc, comme avait justement dit le pauvre père dans son appel, l'enlèvement de la petite – s'il était fait dans un but d'enrichissement, et lui, il ne se sentait pas de faire une autre tirrible supposition – apparaissait comme une tragique erreur. Or, qui pouvait ignorer que la famille du géologue Mistretta était pratiquement tombée dans une pauvreté pleine de dignité ? Seulement des étrangers, des immigrés évidemment mal informés. Parce qu'il n'était pas niable que depuis qu'il y avait ces débarquements de clandestins, une véritable invasion, la criminalité avait atteint et dépassé le niveau d'alerte. Qu'attendaient les responsables locaux du gouvernement pour appliquer sévèrement une loi qui existait déjà ? Cependant, lui, personnellement, il trouvait des raisons d'espoir dans une nouvelle en marge de l'enlèvement : l'enquête avait été confiée au vaillant commissaire Filippo Minutolo de la Questure de Montelusa et non audit commissaire Montalbano, connu plus pour ses discutables initiatives et ses opinions peu orthodoxes, souvent carrément subversives, que pour sa capacité à résoudre les affaires qui lui étaient confiées. Et là-dessus, bonne nuit à tous.

— Quel salopard ! commenta Livia en éteignant le téléviseur.

Montalbano préféra ne pas ouvrir la vouche. Désormais, ce que disait de lui Ragonese ne lui faisait plus ni chaud ni froid. Le téléphone sonna. C'était Gallo.

— *Dottore*, je viens juste juste de finir. Y a juste une maison où y avait personne, mais elle m'a semblé inhabitée depuis longtemps. La réponse a toujours été la même. Ils connaissent pas Susanna et à hier soir, ils ont pas vu passer de petite en motocyclette. Mais il y a une dame qui m'a dit que le fait qu'elle ne l'ait pas vue ne signifie pas nécessairement qu'elle soit pas passée.

— Pourquoi tu me le signales ?

— *Dottore*, ces maisons, elles ont toutes la cuisine sur l'arrière et non pas du côté de la route.

Il raccrocha. C'était une petite déception qui lui procura une grande fatigue.

— Ça te dirait d'aller au lit ?

— Oui, dit Livia. Mais pourquoi tu ne m'as pas parlé de cet enlèvement ?

« Parce que tu ne m'en as pas laissé la possibilité », eut-il envie de répondre mais il aréussit à se retenir à temps. Ces paroles auraient sûrement été le début d'une engueulade féroce. Il se limita à un geste vague.

— C'est vrai que tu as été exclu de l'enquête, comme l'a dit ce cornard de Ragonese ?

— Compliments, Livia !

— Pourquoi ?

— Je vois que tu es en train de te vigàtiser. Tu as traité Ragonese de cornard. Traiter quelqu'un de cocu est typique des aborigènes.

— Manifestement, tu as déteint sur moi. Dis-moi si c'est vrai que tu as été...

— Ce n'est pas exact. Je dois collaborer avec Minutolo. L'enquête a été confiée à lui depuis le début. Et moi, j'étais en congé.

— Raconte-moi cet enlèvement pendant que je range.

Le commissaire lui raconta tout ce qu'il y avait à raconter. À la fin, Livia parut troublée.

— S'ils demandent la rançon, toute autre supposition deviendrait inutile, pas vrai ?

À elle aussi, il lui était venu à l'esprit qu'on pouvait avoir enlevé Susanna pour lui faire violence. Montalbano voulut lui dire que la demande de rançon n'excluait pas la violence, mais il préféra qu'elle aille se coucher sans autre pensée.

— Bien sûr. Tu vas la première à la salle de bains ?

— Bon, d'accord.

Montalbano ouvrit la porte-fenêtre de la véranda,

sortit, s'assit, s'alluma une cigarette. La nuit était sereine comme le sommeil d'un minot 'nnocent. Il aréussit à ne pas penser à Susanna, à l'horreur que cette nuit représentait au contraire pour elle.

Au bout d'un petit moment, il entendit un bruit venant de l'intérieur. Il se leva, entra, se pétrifia. Livia, nue, était plantée au milieu de la pièce. À ses pieds, une petite mare. À l'évidence, elle était sortie de la douche à cause de quelque chose qui lui était passé par la tête. Très belle, mais Montalbano n'osa avancer. L'œil de Livia, réduit à une fente, était signe d'une tempête imminente, désormais, il le savait bien.

— Tu… tu… dit Livia, bras tendu et l'index accusateur.

— Je quoi ?

— Quand as-tu appris l'enlèvement ?

— Ce matin.

— Quand tu es arrivé au commissariat ?

— Non, avant.

— Quand, avant ?

— Mais comment, tu t'en souviens pas ?

— Je veux l'entendre de ta bouche.

— Quand ils ont téléphoné et que tu t'es réveillée et que tu es allée préparer le café. Avant, c'était Catarella et je n'y ai rien compris, puis Fazio m'a appris la disparition de la fille.

— Et toi, qu'est-ce que tu as fait ?

— J'ai pris une douche et je me suis habillé.

— Eh non, dégueulasse hypocrite ! Tu m'as couchée sur la table de la cuisine ! Monstre ! Mais comment tu peux avoir l'idée de faire l'amour avec moi pendant qu'une pauvre fille…

— Livia, essaie de raisonner. Quand ils m'ont téléphoné, je n'ai pas compris la gravité…

— Tu vois qu'il a raison, le journaliste, celui-là, comment il s'appelle, celui qui a dit que tu es un incapable, un qui comprend rien ! En fait, non, tu es pire ! Tu es un sale type ! Un être immonde !

Elle sortit, le commissaire entendit tourner la clé de la porte de la chambre à coucher. Elle avança, frappa à la porte.

— Allez, Livia, tu crois pas que tu exagères ?

— Non. Et cette nuit, tu dors sur le divan.

— On y dort très mal ! Allez, Livia ! Je ne vais pas pouvoir fermer l'œil !

Aucune réaction. Alors, il joua la carte de la pitié.

— La blessure va sûrement recommencer à me faire mal ! dit-il d'une voix lamentable.

— Tant pis pour toi.

Il savait qu'il ne réussirait pas à la faire changer d'idée. Il fallait se résigner. Il jura à voix basse. Comme en réponse, le téléphone sonna. C'était Fazio.

— Mais je t'avais pas dit d'aller te reposer ?

— Je me suis pas senti de laisser tomber, *dottore*.

— Qu'est-ce que tu veux ?

— Ils viennent juste d'appeler. Le *dottor* Minutolo demande si vous pouvez faire un saut.

Il arriva à fond la caisse devant le portail fermé. À mi-chemin, il avait pensé qu'il n'avait pas averti Livia de sa sortie. Malgré l'engueulade, il aurait dû le faire. Ne fût-ce que dans le but d'éviter une autre empoignade, Livia était capable de se convaincre que lui, pour se venger, était allé dormir à l'hôtel. Tant pis.

Et maintenant, comment se faire ouvrir ? À la lumière des phares, il mata, pas de sonnette, pas d'interphone, rin. La seule chose à faire était de klaxonner, en espérant qu'il ne devrait pas le faire jusqu'à réveiller tout le pays. Il donna un premier coup, rapide et timide et presque aussitôt entrevit un homme qui sortait de la maison. Ce dernier se débattit avec les clés, ouvrit le portail,

Montalbano entra avec la voiture, s'arrêta, descendit. L'homme qui avait ouvert se présenta.

— Je suis Carlo Mistretta.

Le frère médecin était un quinquagénaire bien habillé, pas bien grand, minces lunettes, visage rougeaud et peu velu, un brin de bedaine, on eût dit un évêque en civil. Il poursuivit :

— Votre collègue m'a averti du coup de fil des ravisseurs et j'ai dû me précipiter parce que Salvatore s'est senti mal.

— Comment va-t-il maintenant ?

— J'espère l'avoir mis en état de dormir.

— Et madame ?

Le médecin écarta les bras sans répondre.

— Elle n'a pas encore été informée de…

— Non, il manquerait plus que ça. Salvatore lui a dit que Susanna est à Palerme pour les examens, mais on peut pas dire que ma pauvre belle-sœur soit lucide, elle a des heures entières d'absence totale.

Au salon, il n'y avait que Fazio qui s'était endormi sur son fauteuil habituel et Fifì Minutolo qui, dans l'autre fauteuil, fumait un cigare. Les portes-fenêtres étaient grandes ouvertes, il entrait une fraîcheur pénétrante.

— Vous avez réussi à savoir d'où venait l'appel ? fut la première question que posa Montalbano.

— Non, ça a été trop bref, arépondit Minutolo. Maintenant, écoute, on en parle après.

— D'accord.

Dès qu'il perçut la présence du commissaire, Fazio, par une espèce de réflexe animalesque, ouvrit l'œil et se redressa.

— *Dottore*, vous arrivâtes ? Vous voulez entendre ? Assoyez-vous à ma place.

Et sans attendre de réponse, il actionna le magnéto.

Allô ? Qui est à l'appareil ? Ici, vous êtes chez Mistretta. Qui est à l'appareil ?

…

Mais qui est à l'appareil ?

Écoute-moi sans m'interrompre. La fille est ici avec nous et pour l'instant, elle est en bonne santé. Tu reconnais sa voix ?

…

Papa… papa… je t'en prie… au sec…

…

Tu l'as entendue ? Prépare un paquet de fric. Je te rappelle après-demain.

…

Allô ? Allô ?

…

— Remets-la au début, dit le commissaire.

Il n'avait pas envie d'entendre l'abyssal désespoir dans la voix de la petite mais il devait le faire. Par prudence, il se mit une main devant les yeux, au cas où il serait pris par l'émotion.

À la fin de la deuxième écoute, le Dr Mistretta, le visage enfoncé dans les mains, le dos secoué de sanglots, sortit, presque en courant, dans le jardin.

Minutolo commenta :

— Il aime beaucoup sa nièce.

Et ensuite, fixant Montalbano :

— Et alors ?

— Le message est enregistré. T'es d'accord ?

— Parfaitement.

— La voix de l'homme est contrefaite.

— Évidemment.

— Ils sont, au minimum, deux. La voix de Susanna est au second plan, assez loin du magnétophone. Quand celui qui enregistre dit : « Tu reconnais sa voix ? », il se passe quelques secondes avant que Susanna parle, le temps que le complice lui abaisse le bâillon. Et ensuite, il le lui remet, lui coupant un mot qui est certainement « au secours ». Et toi, qu'est-ce que tu as à dire ?

— Que c'est possible qu'il soit seul. Il dit : « Tu reconnais sa voix ? » et va ôter le bâillon.

— Ce n'est pas possible parce que, alors, entre la question du ravisseur et la voix de Susanna, la pause devrait être plus longue.

— D'accord. Tu sais quoi ?

— Non, l'expert, c'est toi.

— Ils ne suivent pas la procédure habituelle.

— Explique-toi mieux.

— Alors. Comment fait-on un enlèvement, d'habitude ? Il y a une main-d'œuvre, disons le groupe B, qui est chargée d'opérer matériellement l'enlèvement. Puis le groupe B transfère la personne enlevée au groupe C, c'est-à-dire à ceux qui sont chargés de la cacher et de la garder, autre main-d'œuvre de basse condition. À ce point se manifestent ceux du groupe A, c'est-à-dire les chefs, les organisateurs qui demandent la rançon. Pour faire toutes ces manœuvres, il faut une certaine quantité de temps. Et donc la demande de rançon, en général, survient quelques jours après l'enlèvement. Là, en revanche, il ne s'est finalement passé que quelques heures.

— Et ça, qu'est-ce que ça signifie ?

— À mon avis, cela signifie que le groupe qui a enlevé Susanna est le même groupe qui la tient prisonnière et en demande une rançon. Peut-être que ce n'est pas une grosse organisation. Si ça se trouve, c'est un truc fait en famille, à l'économie. Et si ce ne sont pas des professionnels, tout se complique et devient plus risqué pour la fille. Je me fais comprendre ?

— À la perfection.

— Et ça veut dire aussi qu'ils ne la gardent pas loin.

Il marqua une pause, pinsif.

— Mais ça n'a pas non plus les caractéristiques de l'enlèvement improvisé. En de tels cas, la somme demandée pour la rançon est toujours donnée au premier contact. Ils n'ont pas de temps à perdre.

— Cette histoire qu'ils ont fait entendre la voix de Susanna, demanda Montalbano, c'est normal ? À moi, il ne me semble pas que…

— Tu as raison, dit Minutolo. Ça n'arrive pas, c'est des trucs qu'on voit dans les films. Ce qui arrive, c'est que si tu veux pas payer, au bout d'un moment, pour te convaincre, ils te font écrire deux lignes par la victime. Ou bien ils t'expédient un bout d'oreille. Et ça, ce sont les seules formes de contact entre la victime et sa famille. Tu as remarqué comment il parlait ? demanda encore Montalbano.

— Comment il parlait ?

— En parfait italien. Sans accent ni déformation dialectale.

— Eh oui, dit Minutolo, pinsif.

— Et maintenant, qu'est-ce que tu vas faire ?

— Qu'est-ce que tu veux que je fasse ? Je téléphone au Questeur et je lui rapporte la nouvelle.

— Ce coup de fil m'a laissé plutôt perplexe, dit Montalbano en conclusion de ses pensées.

— Moi aussi, acquiesça Minutolo.

— Dis-moi, par curiosité. Pourquoi as-tu permis que Mistretta parle avec un journaliste ?

— Pour donner un coup de pied dans la fourmilière, accélérer le rythme. Ça ne me plaît pas qu'une petite si belle reste trop longtemps entre les mains de gens pareils.

— Tu vas leur parler de ce coup de fil, aux journalistes ?

— Tout à fait hors de question.

Pour le moment, rien d'autre. Le commissaire s'approcha de Fazio qui a recommencé à dormir, le secoua par une épaule.

— Réveille-toi, que je te raccompagne chez toi.

Fazio tenta une faible résistance.

— Et s'il arrive un coup de fil important ?

— Allez, de toute façon jusqu'à après-demain, ils se manifesteront plus. Ils te l'ont dit, non ?

Ayant laissé Fazio, il se dirigea vers Marinella. Il entra sans bruit, gagna la salle de bains et ensuite voulut se coucher sur le divan. Il était trop tard maintenant pour se mettre à jurer. Comme il s'enlevait la chemise, il s'immobilisa, il avait remarqué que la porte de la chambre à coucher était à demi ouverte, mais sur l'obscurité. Visiblement, Livia s'était repentie de l'avoir envoyé en exil. Il finit de se déshabiller, entra sur la pointe des pieds dans la chambre, se coucha. Au bout d'un petit moment, il se recroquevilla tout doucement contre elle qui dormait profondément. Il ferma les yeux et se retrouva tout de suite en voyage au pays des rêves. Et tout à coup, zac. Le ressort du temps se bloqua. Sans avoir besoin de regarder sa montre, il sut qu'il était trois heures, vingt-sept minutes et quarante secondes. Combien de temps avait-il dormi ? Par chance, il se rendormit presque aussitôt.

Vers sept heures du matin, Livia s'aréveilla, Montalbano aussi. Ils firent la paix.

Devant le commissariat l'attendait Francesco Lipari, le fiancé de Susanna.

Les calamars noirs sous ses yeux trahissaient la nervosité et la nuit blanche.

— Excusez-moi, commissaire, mais tôt ce matin, j'ai appelé le père de Susanna qui m'a annoncé le coup de fil et alors…

— Mais comment ça ?! Et Minutolo qui ne voulait pas que ça se sache !

Le jeune haussa les épaules.

— Bon, bon, viens. Mais ne raconte à personne qu'il y a eu ce coup de fil.

En entrant, le commissaire avertit Catarella qu'il ne voulait pas être dérangé.

— Tu as quelque chose à me dire ?

— Rien de particulier. Il m'est revenu à l'esprit un truc que l'autre fois je ne vous ai pas dit. Je ne sais pas dans quelle mesure ça peut être important...

— Dans ce genre d'affaire, tout peut être important.

— Quand j'ai découvert la moto de Susanna, je ne suis pas allé tout de suite à la villa avertir son père. Je me suis fait la draille de là jusqu'à Vigàta et ensuite je l'ai refaite dans l'autre sens.

— Pourquoi ?

— Bah. Initialement, ça a été instinctif, j'ai pensé que peut-être elle s'était évanouie, qu'elle pouvait être tombée et avoir perdu la mémoire et alors je me suis mis à la chercher sur cette draille, au retour, en fait, je la cherchais plus elle mais, le...

— ... le casque qu'elle portait toujours, dit Montalbano.

Le jeune écarquilla les yeux.

SIX

— Vous y avez pensé vous aussi ?

— Moi ? Tu vois, je suis arrivé sur les lieux que mes hommes y étaient déjà depuis un bon moment. Et quand ils ont su par le père de Susanna qu'elle mettait toujours son casque, ils l'ont cherché, sans le trouver, non seulement le long de la draille, mais jusque dans les champs derrière les murets.

— Moi, je les vois pas, les kidnappeurs qui emmènent dans leur voiture Susanna qui hurle, le casque sur la tête.

— Moi non plus, si c'est ça, dit Montalbano.

— Mais vous, vous n'avez vraiment aucune idée sur la façon dont ça s'est passé ? demanda Francesco, entre incrédulité et espoir.

« Les jeunes d'aujourd'hui ! Comme ils sont prêts à faire confiance et comme nous nous démenons pour les décevoir ! » pinsa le commissaire.

Pour ne pas montrer son émotion (mais est-ce que, par hasard, il ne s'agissait pas d'un début de gâtisme sénile plutôt que d'une conséquence de la blessure ?), il se pencha pour scruter quelques papiers dedans un tiroir. Il ne parla que quand il fut bien sûr de la fermeté de sa voix.

— Il y a trop de choses qui ne s'expliquent toujours

pas. D'abord et avant tout : pourquoi Susanna, pour rentrer chez elle, a pris une route qu'elle n'avait jamais faite jusque-là ?

— Peut-être que dans le coin, il y a quelqu'un qui la connaît et…

— Personne ne la connaît. Et on ne l'a pas non plus vue passer à moto. Peut-être que quelqu'un, parmi ces gens, ne dit pas la vérité. Alors celui-là qui ne dit pas la vérité est co-responsable de l'enlèvement, peut-être seulement comme concepteur, parce que c'est le seul à savoir que Susanna ce jour-là et à cette heure donnée passera sur la draille. C'est clair ?

— Oui.

— Mais si Susanna a pris la draille sans raison, l'enlèvement naîtrait d'une rencontre parfaitement inopinée. Toutefois, ça ne peut s'être passé ainsi.

— Pourquoi ?

— Parce qu'ils sont en train de démontrer qu'ils ont un minimum d'organisation, qu'ils ont prémédité l'enlèvement. D'après le coup de fil, on comprend qu'il ne s'agit pas d'un enlèvement improvisé. Ils ne sont pas pressés de se libérer de Susanna. Ce qui signifie qu'ils ont un endroit sûr où la garder. Et un endroit vraiment sûr, ça se trouve pas en quelques heures.

Le jeune ne dit rin. Il raisonnait sur les paroles qu'il entendait avec une concentration telle que le commissaire parut percevoir le bruit des engrenages de sa coucourde. Puis Francesco en tira la conclusion.

— D'après votre raisonnement, on peut déduire que Susanna a été très probablement enlevée par quelqu'un qui savait qu'elle aurait pris cette draille. Quelqu'un qui habite de ce côté. Et alors, il faudrait y aller à fond, savoir les noms de tout le monde, vérifier que…

— Arrête-toi. Si tu te mets à raisonner, à faire des hypothèses, tu dois aussi prévoir l'échec.

— Je n'ai pas compris.

— Je t'explique. Imagine qu'on ouvre une enquête très méticuleuse sur tous ceux qui habitent le long de la draille. Sur eux, on en vient à savoir vie, mort et miracles et combien de poils ils ont sur le cul et à la fin, il apparaît qu'il n'y a jamais eu aucun contact entre Susanna et un d'eux, rien ; qu'est-ce que tu fais ? Tu recommences du début ? Tu te rends ? Tu te flingues ?

Le jeune ne laissa pas tomber.

— D'après vous, alors, qu'est-ce qu'il faut faire ?

— Formuler en même temps d'autres hypothèses et les vérifier, les suivre toutes ensemble parallèlement, sans en préférer une, même si elle se présente comme la plus probable.

— Et vous en avez fait ?

— Bien sûr.

— Vous pouvez m'en dire quelques-unes ?

— Si ça peut te consoler… Alors, si Susanna vient à se trouver sur cette draille, c'est parce que quelqu'un lui a donné un rendez-vous là justement, en un lieu où ne passe personne…

— C'est pas possible.

— Qu'est-ce qui n'est pas possible ? Que Susanna ait un rendez-vous ? Tu penses tout savoir de cette fille ? Tu peux en mettre la main au feu ? Attention que je suis pas en train de dire qu'il s'agissait d'un rendez-vous amoureux, peut-être que Susanna voulait rencontrer une personne pour des raisons que nous ignorons. Susanna y va sans savoir qu'on lui a préparé un guet-apens. Elle arrive, pose la motocyclette, ôte son casque en le tenant à la main, parce qu'il s'agit évidemment d'une rencontre très brève, s'approche de l'auto et on l'enlève. Ça tient, selon toi ?

— Non, dit fermement Francesco.

— Et pourquoi ?

— Parce que, et ça, j'en suis sûr, quand on s'est vus

dans l'après-midi, elle m'aurait sûrement parlé de cette rencontre fixée auparavant. Croyez-moi.

— Je te crois. Mais peut-être que Susanna n'a pas eu la possibilité de t'avertir.

— Je ne comprends pas.

— Tu l'as accompagnée, toi, étudier chez son amie ?

— Non.

— Susanna avait un portable que nous n'avons pas retrouvé. Exact ?

— Exact.

— Elle a peut-être reçu un coup de fil pendant que, sortant de chez toi, elle allait étudier chez son amie et s'être rappelé le rendez-vous à ce moment-là seulement. Et comme, après, vous ne vous êtes plus vus, elle n'a pas eu l'occasion de le dire.

Le jeune y réfléchit un moment. Puis il s'adécida.

— Je ne peux l'exclure.

— Et alors, qu'est-ce que tu viens me raconter avec tes doutes ?

Francesco n'arépondit pas. Il se prit la tête entre les mains. Montalbano en rajouta une louche.

— Mais peut-être qu'on se trompe sur toute la ligne.

Le jeune bondit sur son siège.

— Qu'est-ce que vous racontez ?!

— Je dis simplement qu'on part peut-être d'un présupposé erroné. À savoir que Susanna, pour revenir à la villa, a suivi cette draille.

— Mais puisque la motocyclette a été retrouvée là !

— Ce qui ne signifie pas nécessairement que Susanna, en partant de Vigàta, ait pris la draille. Je te donne le premier exemple qui me passe par la tête. Susanna sort de la maison de son amie et suit la route de tous les jours. Cette route sert à beaucoup de gens qui habitent dans les maisons situées avant et après la villa et elle finit trois kilomètres après dans une espèce de quartier de campagne de Vigàta, il me semble que ça s'appelle La Cucca. C'est une route de gens qui vont au boulot et en reviennent, des paysans et des gens qui, tout en besognant à Vigàta, préfèrent habiter à la campagne. Tout le monde se connaît, si ça se trouve, ils font la même route aux mêmes heures…

— Oui, mais quel rapport avec…

— Laisse-moi finir. Les kidnappeurs suivent Susanna depuis quelque temps pour évaluer la circulation à l'heure de son retour et repérer le meilleur endroit pour agir. Ce soir-là, ils ont de la chance, le plan peut se réaliser juste au croisement de la draille. D'une manière ou d'une autre, ils bloquent Susanna. Ils sont au moins trois. Deux descendent et la contraignent à monter dans la voiture qui repart probablement en prenant la draille dans la direction de Vigàta. Mais un des deux reste là, il prend la motocyclette et la laisse quelque part sur la draille. Cela expliquerait entre autres pourquoi la moto a été placée comme si elle allait vers Vigàta. Puis lui aussi monte en voiture et adieu.

Francesco parut dubitatif.

— Mais pourquoi ils s'inquiètent de la moto ? Qu'est-ce qu'ils en ont à faire ? Leur intérêt est de s'en aller au plus vite.

— Mais je viens juste de te dire que c'est une route d'habitués ! Ils ne pouvaient laisser la moto à terre. Quelqu'un aurait pensé à un incident, quelqu'un d'autre aurait pu reconnaître l'engin de Susanna… Bref, l'alarme était déclenchée immédiatement et eux ils n'avaient pas le temps d'aller bien se cacher. Et au point où ils en étaient, mieux valait déplacer la moto sur la draille où personne ne passe. Mais on peut faire d'autres hypothèses.

— Encore ?!

— Tant que tu veux. De toute façon, on fait de la théorie. Avant, je dois te poser une question. Tu m'as dit que tu as quelquefois accompagné Susanna jusqu'à la villa.

— Oui.

— Le portail, elle le trouvait ouvert ou fermé ?

— Fermé. Susanna ouvrait avec sa clé.

— Alors, on peut aussi penser que Susanna vient juste d'appuyer sa moto et est en train de prendre ses clés pour ouvrir le portail quand surgit à pied, en courant, quelqu'un qu'elle a quelquefois vu sur la route, un habitué. L'homme la supplie de l'accompagner à moto jusqu'à la draille, lui raconte une connerie quelconque, que sa femme s'est sentie mal en voiture pendant qu'elle se dirigeait vers Vigàta et a demandé de l'aide avec le portable, que son fils a été renversé par une voiture… une histoire de ce genre. Susanna ne peut pas refuser, elle le fait monter, part pour la draille et voilà. Et là aussi, cette fois, on aurait une explication pour la position de la moto. Ou bien…

Montalbano s'interrompit d'un coup.

— Pourquoi vous ne continuez pas ?

— Parce que j'en ai marre. Ne crois pas que ce soit si important de savoir comment ça s'est passé.

— Non ?!

— Non, parce que si on réfléchit là-dessus… Les détails qui nous semblent essentiels, plus on les examine et plus ils perdent leurs contours, deviennent flous. Toi, par exemple, tu n'étais pas venu me demander où était passé le casque de Susanna ?

— Le casque ? Oui.

— Et comme tu vois, plus nos discours avançaient et plus le casque reculait, perdait de l'importance. Au point que nous n'en avons plus parlé. Le vrai problème n'est pas le comment, mais le pourquoi.

Francesco allait pour rouvrir la vouche et interroger encore mais la déflagration de la porte qui s'était rouverte avec violence en battant contre le mur l'effraya, le fit se lever d'un bond.

— Qu'est-ce qui s'est passé ? demanda-t-il.

— Ça m'a échappé des mains, dit sur le seuil Catarella, l'air chagriné.

— Qu'y a-t-il ? demanda à son tour Montalbano.

— Vu que vous me dites que vous ne vouliez pas de dérangement de toute sorte de n'importe quel dérangeur, je dois venir à vous poser une question.

— Pose-la.

— Le journaliste M. Zito appartient à la catégorique des dérangeurs ou bien au cas contraire du non ?

— Non, il ne dérange pas. Passe-le-moi.

— Salut, Salvo, Nicolò à l'appareil. Excuse-moi mais je voulais te dire que je viens juste d'arriver au bureau…

— Qu'est-ce que j'en ai à foutre de tes horaires de bureau ? Dis-le à ton patron.

— Non, Salvo, y a pas de quoi galéjer. Je viens juste d'arriver et ma secrétaire m'a dit que… il s'agit d'un truc qui concerne l'enlèvement de cette fille.

— Bon, bien, dis-moi.

— Non, il vaut mieux que tu viennes.

— Je vais essayer de passer le plus vite possible.

— Non, tout de suite.

Montalbano raccrocha, se leva, tendit la main à Francesco.

Retelibera, la télévision privée dans laquelle besognait Nicolò Zito, était située à Montelusa, mais dans une zone éloignée. Tandis qu'il s'y rendait en voiture, le commissaire devina ce qui devait s'être passé et que son ami journaliste voulait lui faire savoir. Et il mit en plein dans le mille. Nicolò l'attendait sur le seuil et dès qu'il vit arriver la voiture de Montalbano, il alla à sa rencontre. Il semblait agité.

— Qu'est-ce qu'il y a ?

— Ce matin, la secrétaire venait juste d'arriver au bureau quand il y a eu un appel anonyme. Une voix masculine lui a demandé si nous étions équipés pour enregistrer un coup de fil, elle a répondu oui et l'autre alors a dit de tout préparer parce qu'il allait appeler dans cinq minutes. Et de fait, il a rappelé.

Ils entrèrent dans le bureau de Nicolò. Sur la table, un magnéto professionnel. Le journaliste l'actionna. Montalbano écouta, comme il avait prévu, c'était la copie précise identique du coup de fil déjà arrivé chez les Mistretta, pas un mot de plus, pas un mot de moins.

— C'est impressionnant. Cette pauvre petite… commenta Zito.

Et puis il demanda :

— Les Mistretta l'ont reçue ? Ou ces cornards veulent que ce soit nous qui fassions les intermédiaires ?

— À hier soir tard, ils téléphonèrent.

Zito poussa un soupir de soulagement.

— Tant mieux. Mais alors pourquoi ils l'ont envoyé à nous aussi ?

— Je me suis fait une idée précise, dit Montalbano, à savoir que les kidnappeurs veulent faire savoir à tout le monde, et pas seulement au père, que la petite est entre leurs mains. En général, ceux qui font un enlèvement ont tout à gagner au silence. Eux, au contraire, se démènent comme des beaux diables pour provoquer du tohu-bohu. Ils veulent que la voix de Susanna qui appelle au secours impressionne les gens.

— Et pourquoi ?

— Là est le tracassin.

— Et moi, maintenant, qu'est-ce que je fais ?

— Si tu veux faire leur jeu, passe le coup de fil.

— Moi, je suis pas au service des criminels.

— Bravo ! J'emploierai à faire graver ces nobles paroles sur la pierre de ta tombe.

— Mais qu'est-ce que t'es con ! s'exclama Zito en se touchant les roubignoles.

— Alors, étant donné que tu te déclares un journaliste honnête, téléphone au juge et au Questeur. Tu les avertis et tu mets l'enregistrement à leur disposition.

— Je ferai comme ça.

— Il vaut mieux que tu le fasses tout de suite.

— Ça te presse ? demanda Zito tandis qu'il faisait le numéro de la Questure.

Montalbano n'arépondit pas.

— Je t'attends dehors, dit-il en se levant et en sortant.

C'était vraiment une matinée gentille, il y avait un vent léger à la main délicate. Le commissaire s'alluma une cigarette et n'eut pas le temps de la finir que le journaliste se pointait.

— C'est fait.

— Qu'est-ce qu'ils t'ont dit ?

— De ne passer rin de rin. Maintenant, ils envoient un agent prendre la cassette.

— On rentre ?

— Tu veux me tenir compagnie ?

— Non. Je veux voir une chose.

Quand ils entrèrent au bureau, Montalbano dit à Nicolò d'allumer le téléviseur et de le régler sur Televigàta.

— Qu'est-ce que tu veux voir de ces cons ?

— Attends et tu verras pourquoi j'étais pressé de te faire téléphoner au Questeur.

Sur l'écran apparut un écriteau qui disait :

« D'ici quelques minutes, édition spéciale du journal. »

— Merde ! dit Nicolò, ils ont téléphoné à eux aussi ! Et ces très gros pédés le passent !

— Tu t'y attendais pas ?

— Non. Et toi, tu m'as fait rater l'info !

— Maintenant tu veux revenir en arrière ? Décide-toi, t'es un journaliste honnête ou pas ?

— Honnête, honnête mais rater volontairement une info, ça me reste sur l'estomac !

L'écriteau disparut, le sigle du journal apparut et, sans aucun avertissement priparatoire, il y eut le visage du géologue Mistretta. C'était la répétition de l'appel qu'il avait déjà lancé la veille aux kidnappeurs. À la suite, surgit un journaliste.

— Nous vous avons fait réentendre l'appel du père de Susanna pour une raison précise. Maintenant, nous allons vous faire écouter un document terrible parvenu ce matin à notre rédaction.

Sur les images de la villa, on entendit le coup de fil, exactement le même que celui qui avait été fait à Retelibera. Puis on passa sur la tête en cul de poule de Pippo Ragonese.

— Je vous dirai tout de suite qu'à la rédaction, nous avons eu un débat dramatique avant d'en arriver à la décision de transmettre le coup de fil que vous venez juste d'entendre. La voix angoissée et angoissante de Susanna Mistretta est quelque chose que peut difficilement supporter notre conscience d'hommes vivant dans une société civilisée. Mais le droit à l'information a prévalu. Le public a le droit sacro-saint de savoir et nous, journalistes, nous avons le devoir sacro-saint de respecter ce droit. Autrement, nous perdrions l'orgueil de pouvoir nous dire journalistes au service du public. Nous avons fait précéder le coup de fil de la rediffusion de l'appel désespéré du père. Les kidnappeurs ne se rendent pas compte, ou ne veulent pas s'en rendre compte, que leur demande de rançon est destinée à tomber dans le vide, étant donné le fait avéré que la famille Mistretta est dans une situation économique difficile. Dans cette tragique passe, nos espoirs reposent sur les forces de l'ordre. Surtout sur le *dottor* Minutolo, homme de grande expérience, auquel nous souhaitons avec ferveur un rapide succès.

Réapparut le premier journaliste qui dit :

— Cette édition spéciale sera retransmise toutes les heures.

Agneddro e suco e finì il vattìo, « agneau en sauce et le baptême est fini » : une émission de musique rock démarra.

Montalbano n'en finissait jamais de s'émerveiller de comment étaient faits les gens qui besognaient à la télévision. Par ezemple, ils te montraient les images d'un tremblement de terre avec des milliers de morts, des villages entiers disparus, des minots blessés et en larmes, des cadavres en morceaux et tout de suite après : « Et maintenant, voici de belles images du carnaval de Rio. » Chars colorés, allégresse, samba, culs.

— Salopard de fils de radasse ! s'exclama Zito, le visage rouge, en flanquant des coups de pied à une chaise.

— Attends que je vais l'assaisonner comme il faut, dit Montalbano.

Il composa en hâte un numéro de téléphone et resta un moment à attendre, combiné à l'oreille.

— Allô ? Montalbano, je suis. M. le Questeur, s'il vous plaît. Oui, merci. Oui, je reste en ligne. Oui. Monsieur le Questeur ? Bonjour. Je vous demande bien pardon de vous déranger, je vous appelle de Retelibera. Oui, je le sais que le journaliste Zito vous a naguère appelé. Certes, c'est un citoyen qui a fait son devoir. Il l'a placé avant ses intérêts de journaliste… bien sûr, je transmettrai… Voilà, je voulais vous dire, monsieur le Questeur, que pendant que j'étais ici est arrivé un autre coup de fil anonyme.

Nicolò le mata, les yeux écarquillés et fit un geste de la main en forme d'artichaut qui voulait signifier : « Mais qu'est-ce que tu racontes ? »

— La même voix qu'auparavant, continua Montalbano au téléphone, a demandé de se préparer pour un enregistrement. Sauf que, quand ils ont rappelé au bout de cinq minutes, non seulement la communication était très brouillée, mais le magnétophone n'a pas fonctionné.

— Mais qu'est-ce que t'es en train d'inventer, bordel ? dit à voix basse Nicolò.

— Oui, monsieur le Questeur, moi, je reste sur les lieux dans l'attente qu'ils essaient de nouveau. Comment dites-vous ? Televigàta vient juste de transmettre le coup de fil ?! Mais ce n'est pas possible ! Ils ont aussi rediffusé l'appel du père ? Je l'ignorais. Mais cela, si vous me permettez, c'est inouï ! Cela ressemble à un délit ! Eux, ils devaient remettre l'enregistrement aux autorités, pas le diffuser ! Comme l'a correctement fait le journaliste Zito ! Vous dites que le juge est en train d'étudier les mesures à prendre ? Bien ! Très bien ! Ah, monsieur le Questeur, il me vient un soupçon. Mais ce n'est qu'un soupçon, attention. S'ils ont naguère téléphoné à Retelibera, ils auront sûrement fait de même avec Televigàta. Et peut-être qu'à Televigàta, ils ont eu plus de chance et ont réussi à enregistrer le deuxième coup de fil… Que bien sûr, ils vont nier avoir reçu parce qu'ils vont vouloir le sortir quand ils jugeront le moment venu… Un vilain jeu, vous avez parfaitement raison… Loin de moi l'idée de vouloir suggérer quoi que ce soit à une personne de votre expérience, mais je crois qu'une perquisition très soignée dans les bureaux de Televigàta pourrait faire apparaître… oui, oui… Mes salutations distinguées, monsieur le Questeur.

Nicolò lui lança un regard admiratif.

— T'es un vrai metteur en scène de grand spectacle !

— Tu vas voir qu'entre les mesures du juge et la perquisition ordonnée par le Questeur, ils vont même pas avoir le temps de pisser, tu parles s'ils pourront rediffuser l'édition spéciale !

Ils rirent, mais tout de suite après Nicolò redevint sérieux.

— À entendre d'abord le père, dit-il, puis ce que disent

les ravisseurs, on dirait un dialogue de sourds. Le père dit qu'il n'a pas un sou et eux, ils lui répondent de préparer l'argent. Même si ce type se vend la villa, il pourra réaliser combien ?

— Tu es de la même opinion que ton éminent collègue Pippo Ragonese ?

— C'est-à-dire ?

— Que l'enlèvement est l'œuvre de minables immigrés qui ne savent pas qu'ils ont tout à y perdre et rien à y gagner ?

— Sûrement pas.

— Peut-être que les ravisseurs n'ont pas la télévision et n'ont pas entendu l'appel du père.

— Il se pourrait aussi... commença Nicolò, mais il s'arrêta aussitôt.

SEPT

— Alors ? l'encouragea Montalbano.

— Il m'est venu une idée. Mais j'ai honte de te la dire.

— Je t'assure que quelle que soit la connerie que tu vas me balancer, elle sortira pas de cette pièce.

— Une idée de film méricain. Il court le bruit, au pays, que les Mistretta, il y a encore cinq, six ans, vivaient à leur aise. Mais après, ils ont été obligés de tout vendre. Est-ce qu'il se pourrait pas que l'organisateur de l'enlèvement ce soit quelqu'un revenu à Vigàta après une longue absence et donc ignorant la situation de la famille Mistretta ?

— Moi, ton idée, elle me paraît plus une histoire des Pieds Nickelés que de film méricain. Réfléchis un peu ! Un enlèvement comme ça, ça se fait pas tout seul, Nicolò ! Un complice l'aurait averti, cet homme revenu après si longtemps, que les Mistretta ils tirent le diable par la queue ! À propos, tu me racontes comment ça se fait que les Mistretta ont tout perdu ?

— Tu sais que je n'en ai pas la moindre idée ? Il m'a semblé qu'ils ont été obligés de vendre à bas prix, en urgence…

— À vendre quoi ?

— Terrains, maisons, entrepôts…

— Contraints, tu as dit ? Comme c'est bizarre !

— C'est comme si, voilà six ans, ils avaient déjà eu un besoin urgent d'argent pour payer… je ne sais… une rançon.

— Mais il y a six ans, il n'y a eu aucun enlèvement.

Bien que le juge eût agi tout de suite, Televigàta réussit à faire une nouvelle rediffusion de l'édition spéciale, avant qu'arrive l'ordonnance de mise sous séquestre. Et cette vois, devant les télévisions, non seulement tout Vigàta, mais la province entière de Montelusa retint son souffle, œil fixe, oreille tendue : le bouche-à-oreille avait été foudroyant. Si les ravisseurs avaient eu l'intention de faire connaître la situation à tout le monde, ils y avaient pleinement réussi.

Une heure plus tard, au lieu d'une troisième rediffusion de l'édition spéciale, apparut sur l'écran Pippo Ragonese. Les yeux lui sortaient de la tête. Il considérait de son devoir, dit-il d'une voix enragée, de faire savoir à tous qu'en cet instant précis, la station était soumise à « une brimade inouïe qui se présentait comme un abus de pouvoir, une intimidation, une persécution ». Il expliqua que, par ordre de la magistrature, la bande d'enregistrement du coup de fil des ravisseurs avait été mise sous séquestre et que les forces de police étaient en train de procéder à une perquisition du siège, à la recherche d'on ne savait quoi. Il conclut que jamais au grand jamais, ils ne réussiraient à étouffer la voix de la liberté d'informer incarnée par Televigàta et lui, et annonça qu'il tiendrait constamment informé son public des développements de la « grave situation ».

Montalbano se régala de toute l'affaire provoquée par lui depuis le bureau de Nicolò Zito. Ensuite, il s'en retourna au commissariat. À peine entré, il reçut un appel de Livia.

— Allô, Salvo ?

— Livia ! Qu'est-ce qu'il y a ?

Si elle l'appelait au bureau, ça voulait dire qu'il s'était passé quelque chose de sérieux.

— Marta m'a téléphoné.

Marta Gianturco était la femme d'un officier de la Capitainerie, une des rares amies de Livia à Vigàta.

— Eh beh ?

— Elle m'a dit d'allumer vite la télé et de regarder l'édition spéciale de Televigàta. Je l'ai fait.

Pause.

— Ça a été terrible… la voix de cette pauvre fille… déchirante… reprit-elle ensuite.

Que dire ?

— Eh oui… ah oui… fit Montalbano juste pour lui faire comprendre qu'il écoutait.

— Puis j'ai entendu aussi Ragonese dire que vous étiez en train de perquisitionner son bureau.

— Ben… en vérité…

— À quel point vous en êtes ?

« En pleine panade », aurait-il voulu répondre mais il répondit :

— On suit des pistes.

— Vous soupçonnez Pippo Ragonese d'avoir enlevé la fille ? demanda Livia sur un ton ironique.

— Livia, c'est pas le moment de se mettre à faire des sarcasmes. Je t'ai dit qu'on suit des pistes.

— J'espère bien, dit Livia avec une intonation de tempête, une voix comme aurait pu en avoir un nuage noir, chargé et bas.

Et elle raccrocha.

Voilà, maintenant Livia se mettait à lui passer des coups de fil vexants et menaçants. C'était pas excessif de les définir menaçants ? Non, ça ne l'était pas. Passible de poursuites, il était. Allez, fais pas le con et calme tout de suite ta fureur. T'es assez calme ? Oui ? Alors, fais ce que tu avais en tête de faire. Appelle qui tu devais appeler et laisse tomber Livia.

— Allô ? Le Dr Carlo Mistretta ? Le commissaire Montalbano, je suis.

— Il y a du neuf ?

— Rien, désolé. Je voudrais parler un peu avec vous, docteur.

— Ce matin, je suis très pris. Et aussi dans l'après-midi. Je néglige un peu mes patients. On pourrait se voir dans la soirée ? Oui ? Alors, écoutez, on peut se voir chez mon frère vers…

— Pardon, docteur. Mais je voudrais vous parler seul.

— Vous voulez que je vienne au commissariat ?

— Pas besoin de vous déranger.

— Très bien. Alors, passez chez moi vers vingt heures. D'accord ? J'habite rue… écoutez, c'est difficile d'expliquer. Faisons comme ça. On se voit à la première station-service sur la route de Fela, juste à la sortie de Vigàta. À vingt heures.

Le téléphone sonna de nouveau.

— Allô, *dottori* ? Il y a une dame qui veut parler avec vous en pirsonne pirsonellement. Elle dit que c'est une histoire pirsonnelle en pirsonne.

— Elle a dit comment elle s'appelle ?

— Piripipò, il me semble, *dottori*.

Allons donc ! Mû par l'envie de savoir comment s'appelait vraiment la dame du téléphone, il prit la communication.

— *Dutturi*, vosseigneurie vous êtes ? Cirrinciò Adelina, je suis.

Sa bonne ! Il ne la voyait plus depuis que Livia était arrivée. Qu'est-ce qui pouvait lui être arrivé ? À moins qu'elle aussi veuille lui faire une menace du genre : si vous ne libérez pas la petite d'ici deux jours, moi, je viens plus chez toi te faire à manger. La perspective l'atterra. Peut-être aussi parce qu'il se rappelait une des sentences préférées de la femme : *tilefunu e tiligramma portanu malanna*, téléphone et télégramme apportent malheur. Donc, si elle avait décroché le téléphone, ça voulait dire que l'affaire dont elle voulait lui parler était d'importance.

— Adelì, qu'est-ce qui fut ?

— *Dutturi*, je voulais faire participer et communiquer que Pippina mit au monde.

Et qui était Pippina ? Et pourquoi elle venait lui raconter à lui qu'elle avait accouché ? La bonne comprit le trou de mémoire du commissaire.

— *Dutturi*, vous l'oubliâtes ? Pippina est la femme de mon fils Pasquali.

Adelina avait deux fils délinquants qui faisaient des allers et retours en prison. Et lui, au mariage du cadet, Pasquale, il était allé. Plus de neuf mois étaient déjà passés ? Sainte Marie, comme le temps filait ! Et il fut pris de mélancolie pour deux raisons : la première, que la vieillesse s'approchait toujours plus et la seconde que la vieillesse lui mettait en tête des pensées banales et des phrases toutes faites du genre de celle qu'il venait de formuler. Et la fureur d'avoir pinsé une banalité pareille coupa la route à l'émotion.

— Garçon ou fille ?

— Garçon, *dutturi*.

— Compliments et meilleurs vœux.

— Attendez, *dutturi*. Pasquali et Pippina disent *ca u parrinu di lu vattìu avi a essiri vossia* : que le parrain du baptême ça doit être vosseigneurie.

En somme, il avait marché en participant au mariage, et maintenant, ils voulaient qu'il aille jusqu'au bout, le baptême du nouveau-né.

— Et c'est quand, ce baptême ? demanda-t-il en dialecte.

— D'ici une dizaine de jours.

— Adelì, donne-moi deux jours pour y pinser, d'accord ?
— D'accord. Quand c'est qu'elle s'en va, Mme Livia ?

Il s'apprésenta à la trattoria habituelle que Livia avait déjà pris une place. De loin, au coup d'œil qu'elle lui lança dès qu'il fut assis, ça se voyait que c'était mal parti.

— À quel point êtes-vous ? attaqua-t-elle.

— Livia, mais on en a parlé y a pas une heure.

— Qu'est-ce que ça veut dire ? En une heure, il peut se passer tant de choses.

— Mais tu penses que c'est le bon endroit pour en parler ?

— Oui. Parce que quand tu rentres à la maison, tu ne me dis rien de ton travail. Ou vous voulez que je vienne en parler au commissariat, *dottore* ?

— Livia, vraiment, on fait ce qu'on peut. En ce moment, une bonne partie de mes hommes, y compris Mimì, sont en train de battre, avec ceux de Montelusa, les campagnes alentour à la recherche de…

— Et comment ça se fait que pendant que tes hommes sont en train de battre la campagne, tu es là, tranquille, à manger avec moi ?

— C'est ce que le Questeur a voulu.

— Le Questeur a voulu que, tandis que tes hommes travaillent et que cette fille vit dans l'horreur, toi, tu ailles manger dans une trattoria ?

Ouh, quel tracassin !

— Livia, commence pas à *smurritiare* !

— Tu te caches derrière le dialecte, hein ?

— Livia, comme agent provocateur, t'es imbattable. Le Questeur a réparti les tâches. Moi, je collabore avec Minutolo, qui est le responsable des enquêtes, pendant que Mimì Augello, avec les autres, se consacre aux recherches. C'est un sacré boulot.

— Pauvre Mimì !

Tous « pauvres », pour Livia. La fille, Mimì... Seul lui-même n'était pas digne de sa commisération. Il écarta l'assiette de simples spaghettis à l'huile et à l'ail qu'il avait dû commander, étant donné la présence de Livia, et Enzo, le patron, s'aprécipita, inquiet.

— Qu'est-ce qu'il y a, *dottore* ?

— Rien, j'ai pas beaucoup de pétit, mentit-il.

Livia ne broncha pas, continua à manger. Dans la tentative d'alléger l'atmosphère, et de se mettre en condition de goûter le deuxième plat qu'il avait commandé, des aiolexx en sauce dont lui parvenaient d'excellentes nouvelles sous forme d'un parfum qui venait des cuisines, il décida de raconter à Livia le coup de fil que lui avait passé la bonne. Il partit du mauvais pied.

— Ce matin, au bureau, Adelina m'a téléphoné.

— Ah.

Sec comme un coup de revorber.

— Que signifie ce « ah » ?

— Ça signifie qu'Adelina t'a téléphoné au bureau et pas chez toi parce que chez toi, je risquais de répondre, moi et elle en serait toute retournée.

— Bon, bon, laissons tomber.

— Non, je suis curieuse. Qu'est-ce qu'elle voulait ?

— Elle veut que je sois le parrain de baptême d'un de ses petits-enfants, le fils de son fils Pasquale.

— Et toi, qu'est-ce que tu lui as répondu ?

— Je lui ai demandé deux jours pour y penser. Mais je t'avoue que je serais disposé à dire oui.

— Tu es fou ! explosa Livia.

Elle le dit d'une voix trop forte. Le comptable Militello, assis à la table à gauche, resta la fourchette en l'air et la vouche ouverte ; quant au Dr Piscitello, assis à la table de droite, la gorgée de vin qu'il était en train de boire passa de travers.

— Pourquoi ? s'étonna Montalbano qui ne s'attendait pas à cette réaction violente.

— Comment, pourquoi ? Pasquale, ce fils de ta bien-aimée femme de ménage, c'est pas un délinquant endurci ? Toi-même, tu l'as pas arrêté à plusieurs reprises ?

— Et alors ? Moi, je suis le parrain d'un nouveau-né qui, jusqu'à preuve du contraire, n'a pas eu le temps de devenir un délinquant endurci comme son père.

— Ce n'est pas ce que je dis. Tu le sais ce que ça signifie, être parrain de baptême ?

— Qu'est-ce que j'en sais ? Tenir l'enfant dans ses bras pendant que le prêtre…

De l'index, Livia fit signe que non.

— Mon cher, être parrain de baptême signifie assumer des responsabilités précises. Tu le savais ?

— Non, dit Montalbano, sincère.

— Le parrain, en cas d'empêchement du père, doit se substituer à lui pour tout ce qui regarde l'enfant. Il devient une espèce de vice-père.

— Vraiment ?! demanda le commissaire, impressionné.

— Informe-toi, si tu ne me crois pas. Donc, il pourrait t'arriver d'arrêter ce Pasquale mais pendant que lui sera en taule, tu devras t'occuper des besoins de son fils, de sa conduite… Tu te rends compte ?

— Qu'est-ce que je fais, je vous apporte les capelans ? demanda Enzo.

— Non, dit Montalbano.

— Oui, dit Livia.

Livia refusa d'être raccompagnée en voiture et s'en revint à Marinella en bus. Montalbano, vu qu'il n'avait rin mangé, renonça à la balade sur le môle et s'aprésenta au bureau qu'il était même pas trois heures. Il fut bloqué sur le seuil par Catarella.

— *Dottori, dottori*, ah, *dottori* ! Monsieur le Questeur tiliphona !

— Quand ?

— À l'instant, au tiliphone, il est !

Il prit l'appel dans le placard qui servait de standard.

— Montalbano ? Mettez-vous en action immédiatement, dit la voix impérieuse de Bonetti-Alderighi.

Comment faisait-il pour se mettre en action ? En poussant un bouton ? En actionnant une manivelle ? Les burnes qu'il sentait se briser menu à peine il entendait la voix du Questeur, c'était ça, l'action ?

— À vos ordres.

— On vient à l'instant de me communiquer que le *dottore* Augello, au cours de ses recherches, est tombé et s'est fait mal. Il doit être immédiatement remplacé. Allez-y, vous, provisoirement. Ne prenez aucune initiative. Je m'emploierai d'ici quelques heures à envoyer quelqu'un de plus jeune.

Ah, comme il était gentil et délicat, M. le Questeur ! « Quelqu'un de plus jeune. » Mais pour qui il se prenait, lui, un minot avec couches et biberon ?

— Gallo !

Et il mit, à appeler ce nom, tout l'enragement qui lui bouillonnait en dedans. Gallo surgit, rapide comme l'éclair.

— Qu'y a-t-il, *dottore* ?

— Renseigne-toi sur l'endroit où se trouve le *dottor* Augello. Il paraît qu'il s'est fait mal. Il faut qu'on aille tout de suite le relever.

Gallo blêmit.

— Sainte Mère ! dit-il.

Pourquoi s'apréoccupait-il tant pour Mimì Augello ? Le commissaire essaya de le consoler.

— Mais, tu sais, je ne crois absolument pas qu'il s'agisse de quelque chose de grave. Il a dû glisser et…

— *Dottore*, je parlais pour *mia*, pour moi.

— Qu'est-ce que tu as ?

— *Dottore*, je sais pas ce que j'ai mangé… le fait est

que j'ai l'estomac sens dessus dessous… Je vais sans arrêt au cabinet.

— Ça veut dire que tu te retiendras.

Il sortit en marmonnant et revint au bout de quelques minutes.

— Le *dottor* Augello et son équipe sont à la campagne Cancello, sur la route pour Gallotta. À trois quarts d'heure d'ici.

— Allons-y. Prends la voiture de service.

Ils roulaient depuis plus d'une demi-heure sur la provinciale quand Gallo se tourna vers Montalbano :

— *Dottore*, je tiens plus.

— On est à combien de la campagne Cancello ?

— Trois petits kilomètres mais moi…

— Bon, arrête-toi dès que tu peux.

À main droite partait une espèce de chemin marqué au début par un arbre sur lequel était cloué un bout de planche où était écrit à la peinture rouge « œufs fré ». La campagne était inculte, une forêt de plantes sauvages.

Gallo prit le chemin, s'arrêta après quelques mètres, sortit en courant, disparut derrière un buisson d'*erba-santa*. Montalbano sortit lui aussi, s'alluma une cigarette. À une trentaine de mètres se trouvait un cube blanc, une bicoque de campagne avec une petite esplanade devant. C'était là qu'on vendait des œufs frais. Il se rapprocha du bord du chemin et tira sur la fermeture à glissière de son pantalon. Qui se prit dans la chemise et refusa de continuer à s'ouvrir. Montalbano baissa la tête pour examiner ce qui bloquait et, dans le mouvement, une lame de lumière reflétée le frappa dans l'œil. Quand il eut fini, le bloquage se reproduisit et la chose se répéta à l'identique : le commissaire baissa la tête et l'éclat de lumière le blessa de nouveau. Alors, il regarda d'où partait le reflet. À moitié cachée par le bas d'un buisson, il y avait une forme arrondie. Il comprit tout de suite de quoi il s'agissait. Un casque de motocyclette. Petit, pour une tête de fille. Il devait être là depuis quelques jours à peine car il n'était qu'un peu poussiéreux. Neuf et sans taches. Dans sa poche, il prit un mouchoir, s'en recouvrit la main droite, doigts compris, se baissa, prit le casque, le retourna. Il se mit à plat ventre pour mieux en examiner l'intérieur. L'objet semblait très propre, pas de taches de sang. Deux ou trois cheveux blonds, longs, étaient collés à l'intérieur, ils se détachaient sur le noir de la garniture. Il fut certain, comme s'il y avait une signature, que c'était le casque de Susanna.

— *Dottore*, où êtes-vous ?

C'était la voix de Gallo. Il remit le casque où il l'avait trouvé, se leva.

— Viens par là.

Gallo s'approcha en courant. Montalbano lui montra le casque.

— Je crois que c'est celui de la petite.

— Putain, quel cul on a !

— C'est le tien, dit le commissaire. Honneur à ses capacités investigatives.

— Mais si le casque est par ici, ça veut dire que la petite est gardée dans les environs ! J'appelle les renforts ?

— C'est ce qu'ils veulent te faire croire en jetant le casque par ici. Ils essaient de créer une fausse piste.

— Alors, qu'est-ce qu'on fait ?

— Mets-toi en contact avec l'équipe d'Augello, qu'ils envoient en vitesse un agent pour monter la garde. Toi, jusqu'à ce qu'il arrive, tu bouges pas d'ici, je ne voudrais pas que quelqu'un qui passe par hasard se prenne le casque. Et aussi bouge la voiture parce que comme elle est, tu barres le passage.

— Et qui voulez-vous qui passe par ici ?

Montalbano ne répondit pas, il commença à marcher.

— Et vous, vous allez où ?

— Moi, je vais voir s'ils ont des œufs frais.

Tandis qu'il s'approchait de la bicoque, s'élevait toujours plus fort le cot-cot de poules qu'on ne voyait pourtant pas, le poulailler devait être placé sur l'arrière. Arrivé sur l'esplanade, de la porte ouverte de la maisonnette sortit une jeunette. C'était une trentenaire de haute taille, noire de cheveux mais blanche de peau, un grand beau corps, vêtue de pied en cap avec une certaine élégance, jusqu'aux talons hauts. Un instant, Montalbano pensa à une dame venue acheter des œufs. Mais elle, souriant, lui demanda avec l'accent du coin :

— Pourquoi vous avez laissé la voiture si loin ? Vous pouviez la mettre *cca*, ici devant.

Montalbano eut un geste vague.

— Entrez, dit la femme en lui montrant le chemin.

La maisonnette était divisée en deux pièces par une cloison. La première, qui devait être la salle à manger, avait au centre une table sur laquelle se trouvaient quatre paniers pleins d'œufs frais, et puis encore des chaises paillées, un buffet avec un téléphone dessus, un réfrigérateur et une cuisinière à gaz dans un coin. Un autre coin était caché par un rideau de plastique. La seule chose qui détonnait dans la pièce était un lit étroit arrangé comme un divan. Tout était d'une propreté étincelante. La jeunette le regardait fixement mais ne disait rien. Au bout d'un moment, elle se décida à demander, avec un petit sourire que le commissaire ne sut interpréter :

— Vous voulez des œufs ou bien…

Qu'est-ce que ça voulait dire, ce « ou bien » ? La seule chose à faire était d'essayer de voir de quoi il s'agissait.

— Ou bien, dit Montalbano.

La femme bougea, elle alla donner un rapide coup d'œil dans la pièce sur l'arrière et ensuite ferma la porte. Le commissaire pensa que dans l'autre pièce, à l'évidence une chambre à coucher, il y avait querqu'un, peut-être un minot endormi. Puis la femme s'assit sur la couchette, retira ses chaussures, commença à déboutonner son chemisier.

— Ferme la porte du dehors. Si tu veux te laver, y a tout derrière le rideau, dit-elle à Montalbano.

À présent, le commissaire savait le sens de ce « ou bien ». Il leva le bras.

— Ça va comme ça.

HUIT

La femme le regarda, perdue.

— Le commissaire Montalbano, je suis.

— Madone bénie ! s'exclama la femme en rougissant et en se relevant comme un ressort.

— N'aie pas peur. Tu as l'autorisation de vendre des œufs ? Des œufs ?

— Oh que oui. Je vais la prendre.

— C'est ça qui compte. Non, moi, j'ai pas besoin de la voir, mais d'autres de mes collègues vont sûrement te la demander.

— Mais pourquoi ? Qu'est-ce qui s'est passé ?

— D'abord, tu me réponds à moi. Tu vis seule ici ?

— Oh que non, il y a mon mari.

— Où est-il ?

— *Drabbanna.*

À côté ? Dans l'autre chambre ? Montalbano s'étonna. Alors, comme ça, le mari restait là, bien tranquille, pendant que sa femme baisait avec le premier venu ?

— Appelle-le.

— *Non po' viniri.*

Il ne peut pas venir.

— Pourquoi ?

— *Unn'avi gammi.*

Il n'a pas de jambes.

— On a dû les lui couper après le malheur, continua la femme en dialecte.

— Quel malheur ?

— Il travaillait avec le tracteur et le tracteur s'est retourné.

— Ça s'est passé quand ?

— Il y a trois ans. Deux ans après notre mariage.

— Montre-le-moi.

La femme alla ouvrir la porte et se mit de côté. Le commissaire entra, se sentant le nez assailli d'une bouffée d'odeurs médicamenteuses. Dedans un grand lit se trouvait un homme à demi endormi, à la respiration lourde. Dans un coin de la pièce, il y avait un téléviseur avec un fauteuil devant. Le dessus d'une table de toilette était littéralement recouvert de médicaments et de seringues.

— On lui a coupé aussi la main gauche, dit à voix basse la femme. Jour et nuit, il souffre de douleurs terribles.

— Pourquoi tu le gardes pas à l'hôpital ?

— Je m'en occupe mieux, moi, dit-elle toujours en dialecte. Mais les médicaments coûtent. Et moi, je veux pas qu'il en manque. Je me vendrais même mes yeux. C'est pour ça que je reçois des hommes. Le Dr Mistretta m'a dit de lui faire des piqûres quand il supporte plus les douleurs. Y a une heure, il se démenait comme un diable, il me priait de le tuer, il voulait mourir. Et moi, je lui ai fait la piqûre.

Montalbano mata le dessus de la table de toilette. Morphine.

— Allons à côté.

Ils revinrent dans la première pièce.

— Tu es au courant de l'enlèvement de la petite ?

— Oh que oui. Je l'ai vu à la télévision.

— Ces derniers jours, tu as remarqué quelque chose de bizarre dans les parages ?

— Rin.

— Tu es sûre ?

La femme hésita.

— L'autre nuit… mais ça pourrait être une bêtise.

— Dis-le quand même.

— L'autre nuit, j'étais réveillée et j'ai entendu qu'une voiture arrivait… J'ai pensé à querqu'un qui venait me trouver et je me suis levée du lit.

— Tu reçois aussi des clients de nuit ?

— Oh que oui. Mais ce sont des gens corrects, des gens bien, qui veulent pas se faire voir de jour. Mais avant de venir, ils téléphonent. C'est pour ça que je me suis étonnée d'entendre cette voiture, vu que personne ne m'avait appelée. Mais la voiture est arrivée ici devant et puis elle a fait demi-tour, peut-être qu'elle voulait seulement avoir de la place pour manœuvrer.

Impossible que cette malheureuse et que ce misérable cloué au fond de son lit aient quoi que ce soit à voir avec l'enlèvement. En outre, la maison était trop fréquemment visitée par des étrangers, de jour comme de nuit.

— Écoute, lui dit Montalbano. Là où j'ai arrêté la voiture, nous avons trouvé un objet qui peut-être appartient à la petite enlevée.

La femme devint blanche comme un linge.

— *Nuatri nun ci trasemu :* nous autres, on n'a rien à y voir.

— Je le sais. Mais on va t'interroger. Raconte l'histoire de l'automobile, mais ne dis pas que de nuit on vient te trouver. Ne te montre pas habillée comme ça, démaquille-toi et retire ces chaussures à talons. La couchette, porte-la dans la chambre à coucher. Tu ne vends que des œufs, c'est clair ?

Il entendit un bruit de voiture et sortit. L'agent appelé

par Gallo était arrivé. Mais avec lui, il y avait aussi Mimì Augello.

— Je venais te remplacer, dit Montalbano.

— Plus besoin, rétorqua Mimì. Bonolis a été envoyé avec la charge de coordonner les recherches. Manifestement, le Questeur n'avait pas envie de donner la direction, même pour une minute. On peut rentrer à Vigàta.

Tandis que Gallo montrait au collègue l'endroit où se trouvait le casque, Mimì se transportait dans l'autre voiture, aidé par Montalbano.

— Mais qu'est-ce qui t'est arrivé ?

— Je suis tombé dans un fossé plein de pierres. J'ai dû me casser des côtes. Tu as prévenu que tu as trouvé le casque.

Montalbano se donna une grande claque sur le front.

— J'ai oublié !

Augello connaissait trop bien Montalbano pour savoir que, quand il s'oubliait quelque chose, c'était parce qu'il avait envie de l'oublier.

— Tu veux que je l'appelle, moi ?

— Oui. Téléphone à Minutolo et raconte-lui l'histoire.

Ils avaient commencé le voyage du retour quand Augello dit, d'un air indifférent :

— Tu sais quoi ?

— Tu le fais exprès ?

— Quoi ?

— De me demander si je sais quoi. C'est une question qui me met en rage.

— Bon, bon. Il y a deux heures, les carabiniers ont communiqué qu'ils ont retrouvé le sac à dos de la petite.

— Sûr que c'est le sien ?

— Et comment ! Dedans, il y a la carte d'identité !

— Et quoi d'autre ?

— Rin. Vide.

— Tant mieux, dit le commissaire. Un à un.

— Je n'ai pas compris.

— Nous, on a trouvé un objet et les carabiniers aussi. Match nul. Où était le sac à dos ?

— Sur la route de Montereale. Derrière la borne du quatrième kilomètre. Il était assez visible.

— C'est-à-dire à l'opposé de là où était le casque !

— Exactement.

Le silence tomba.

— Ton « exactement », ça signifie que tu penses la même chose que moi ?

— Exactement.

— Je vais essayer de traduire ton laconisme en paroles plus claires. À savoir que toutes ces recherches, toutes ces battues ne sont qu'une perte de temps, une connerie de première grandeur.

— Exactement.

— Je continue à traduire. Les ravisseurs, d'après nous deux, ont pris une voiture et s'en sont allés faire un tour en jetant çà et là des objets qui appartenaient à Susanna pour créer une série de fausses pistes. Ce qui revient à dire…

— … que la petite n'est pas gardée prisonnière près des endroits où on retrouve ses affaires, conclut Mimì, et il ajouta : Et il faudrait essayer de convaincre le Questeur, sinon ce type-là, ils nous enverraient battre aussi l'Aspromonte[1].

Au bureau, il trouva Fazio qui l'attendait, déjà au courant des découvertes. Il avait en main une mallette.

— Tu pars ?

1. Zone montagneuse de Calabre où l'« industrie de l'enlèvement » développée par la 'Ndranghetta, la mafia calabraise, avait l'habitude de cacher ses victimes : c'est une activité aujourd'hui à peu près abandonnée en faveur de trafics plus rentables. *(N.d.T.)*

— Oh que non, *dottore*. Je retourne à la villa, le *dottor* Minutolo veut que ce soit moi qui reste près du téléphone. Là-dedans, j'ai un peu de linge de rechange.

— Tu devais me dire quelque chose ?

— Oh que oui. *Dottore*, après l'émission spéciale de Televigàta, le téléphone de la villa a été embouteillé... Rin d'intéressant, demandes d'interviews, paroles de solidarité, des gens qui prient, des trucs de ce genre. Mais il y en a eu deux de tonalité différente. La première était d'un ex-employé administratif de la Perruzzo.

— Et qu'est-ce que c'est, la Perruzzo ?

— Je ne sais pas, *dottore*. Mais il s'est présenté comme ça, il m'a précisé que son nom n'importait pas. Et il m'a dit de dire à M. Mistretta que l'orgueil, c'est bien, mais que trop d'orgueil apporte du malheur. Voilà tout.

— Bof. Et l'autre ?

— Une voix de vieille femme. Elle voulait parler avec Mme Mistretta. Enfin elle s'est convaincue qu'elle ne pouvait pas venir au téléphone et alors, elle m'a dit que je devais lui répéter ces mots : la vie de Susanna est entre tes mains, lève ce qui bloque et fais le premier pas.

— T'y as compris quelque chose ?

— Rin. *Dottore*, moi, j'y vais. Vosseigneurie passera à la villa ?

— Dans la soirée, je crois pas. Écoute une chose, tu as parlé de ces coups de fil au *dottor* Minutolo ?

— Oh que non.

— Et pourquoi ?

— Parce que j'ai pensé qu'il ne le jugeait pas important. Alors à vosseigneurie, peut-être, ça pouvait paraître intéressant.

Fazio sortit.

Brave flic, il avait compris que ces deux coups de fil étaient certes incompréhensibles mais qu'ils avaient quelque chose en commun, ça, c'était peu mais c'était sûr. En fait, aussi bien l'ex-employé de la société Perruzzo que la vieille femme invitaient les Mistretta, mari et femme, à changer d'attitude. Le premier conseillait au mari une plus grande docilité, la seconde suggérait à la femme de prendre carrément l'initiative, de « lever ce qui bloque ». Peut-être que l'enquête, jusque-là toute projetée vers l'extérieur, devait changer le sens de la marche, c'est-à-dire aller scruter l'intérieur de la famille de la victime. À ce point, il était important de pouvoir parler avec Mme Mistretta. Mais la malade, dans quel état était-elle ? Et puis : comment justifierait-il ses questions si elle ignorait l'enlèvement de sa fille ? Une aide sérieuse pouvait lui venir du Dr Mistretta. Il jeta un coup d'œil à sa montre. Il était huit heures moins vingt.

Il téléphona à Livia qu'il arriverait en retard au dîner. Il encaissa, sans réagir passqu'il n'avait pas le temps de chercher noise, la réaction irritée qu'elle eut :

— Jamais un jour où on peut dîner à l'heure !

Le téléphone sonna de nouveau : c'était Gallo. À l'hôpital de Montelusa, ils avaient voulu garder Mimì en observation.

À huit heures pile, avec une ponctualité d'horloge suisse, il arriva à la première station-service sur la route pour Fela, mais pas l'ombre du Dr Mistretta. Après dix minutes et deux cigarettes, le commissaire acommença à s'inquiéter. Avec les médecins, il faut jamais se fier. S'ils te donnent rendez-vous à leur cabinet pour une visite, ils te font attendre minimum une heure ; s'ils te donnent rendez-vous au-dehors, ils s'aprésentent pareil une heure après avec l'excuse d'un patient débarqué à la dernière minute.

Le Dr Mistretta arrêta son quatre-quatre à côté de l'auto de Montalbano avec seulement une demi-heure de retard.

— Excusez-moi, mais au dernier moment, un patient…

— Je comprends.

— Vous me suivez ?

Et ils partirent, l'un devant et l'autre derrière. Et toujours l'un devant, l'autre derrière, ils roulèrent longtemps, quittèrent la nationale, quittèrent la provinciale, prirent des drailles et se les laissèrent derrière eux. Enfin, ils arrivèrent dans un coin de campagne solitaire, devant le portail fermé d'une villa beaucoup plus grande que celle du frère géologue et mieux tenue. Elle était entourée d'un haut mur. Mais ces Mistretta, s'ils habitaient pas en campagne, ils se sentaient diminués ? Le docteur descendit, ouvrit le portail, entra avec l'auto, faisant signe à Montalbano d'entrer lui aussi en voiture.

Ils se garèrent dans le jardin qui n'était pas mal entretenu comme celui de l'autre villa, mais pas loin.

À main droite, on voyait une autre grande construction au toit bas, peut-être d'ex-écuries. Le docteur ouvrit la porte de la maison, alluma les lumières, fit entrer le commissaire dans un grand salon.

— Un instant, je vais fermer le portail.

Il était clair qu'il n'avait pas de famille, qu'il vivait seul. Le salon était bien meublé et bien tenu, un mur était entièrement occupé par une collection de verres peints. Montalbano s'enchanta de contempler ces couleurs éclatantes, ces manifestations à la fois ingénues et raffinées. Une autre cloison était à moitié remplie d'étagères de livres. Non pas de médecine ou de science, comme il l'avait supposé, mais de romans.

— Excusez-moi, dit le docteur en rentrant. Je peux vous offrir quelque chose ?

— Non, merci. Vous n'êtes pas marié, docteur ?

— Je n'ai jamais eu, quand j'étais jeune, l'intention de me marier. Puis, un jour, je me suis rendu compte que j'étais trop avancé en âge pour le faire.

— Et vous vivez seul, ici ?

Le docteur sourit.

— Je comprends ce que vous voulez dire. Cette maison de campagne est trop grande pour une seule personne. Autrefois, aux alentours, il y avait des vignes, des oliviers… Dans la construction que vous avez vue à côté de la maison, sont restés des pressoirs, des caves et des moulins à huile désormais inutilisés… L'étage supérieur est fermé depuis des temps immémoriaux. Oui, ces dernières années, je vis seul. Pour le ménage, j'ai une dame qui vient le matin trois jours par semaine. Pour les repas… je m'arrange.

Il marqua une pause.

— Ou bien je vais manger chez une amie à moi. De toute façon, tôt ou tard, vous finirez par l'apprendre. Une amie veuve avec qui j'ai une relation qui dure depuis dix ans. Et voilà tout.

— Docteur, je vous remercie, mais mon but, en venant vous trouver est d'en savoir un peu plus en ce qui concerne la maladie de votre belle-sœur, à condition, toujours, que vous vouliez et puissiez…

— Écoutez, commissaire, il n'y a aucun secret professionnel à respecter. Ma belle-sœur a été empoisonnée. Un empoisonnement irréversible qui la conduit inexorablement vers la mort.

— On l'a empoisonnée ?

Un coup sur la tête, une pierre tombée du ciel, un coup de poing au visage. La frappe soudaine et violente de cette révélation faite paisiblement, presque sans aucune émotion, atteignit physiquement le commissaire, au point que ses esgourdes lui firent driiiing. Ou bien ce driiing très bref avait vraiment retenti ? Peut-être avait-on appuyé sur la sonnette du portail ? Peut-être le téléphone sur le buffet avait-il esquissé une sonnerie ? Mais le docteur ne semblait avoir rien entendu.

— Pourquoi utiliser un adverbe indéfini ? demanda-t-il, toujours sans frémir comme un professeur qui souligne une légère erreur dans un devoir. C'est un homme bien précis qui l'a empoisonnée.

— Et on connaît son nom ?

— Bien sûr, dit-il avec un sourire.

Non, à le regarder mieux, ce n'était pas un sourire ce qui était imprimé sur le visage de Carlo Mistretta mais une grimace. Ou plus précisément un ricanement.

— Pourquoi vous ne l'avez pas dénoncé ?

— Parce qu'il n'est pas légalement susceptible de poursuite. Qui y croit peut seulement le dénoncer au Père Éternel lequel, par ailleurs, devrait déjà être au courant de tout.

Montalbano acommençait à comprendre.

— Quand vous dites qu'elle a été empoisonnée, vous recourez à une espèce de métaphore, n'est-ce pas ?

— Pour dire mieux, je ne recours pas à des termes rigoureusement scientifiques. J'utilise des mots, des expressions qu'en médecin, je ne devrais pas employer. Mais vous n'êtes pas ici pour entendre une expertise.

— Et par quoi aurait été empoisonnée la dame ?

— Par la vie. Comme vous voyez, je continue à utiliser des mots inacceptables pour un diagnostic. Par la vie. Ou mieux : il y a quelqu'un qui l'a cruellement contrainte à entreprendre la traversée d'un territoire obscène de l'existence. Et Giulia, à un certain point, s'est refusée à poursuivre. Elle a abandonné toute défense, toute résistance, s'est laissée complètement aller.

Il savait bien s'exprimer, Carlo Mistretta. Mais le commissaire avait besoin d'entendre des faits, pas des belles phrases.

— Pardonnez-moi, docteur, mais je suis contraint de vous demander davantage. Ça a été son mari, involontairement peut-être, qui a...

Les lèvres de Carlo Mistretta découvrirent à peine ses dents. C'était ça, sa façon de sourire.

— Mon frère ? Vous plaisantez ? Il donnerait sa vie

pour sa femme. Et quand vous saurez toute l'histoire, vous verrez combien votre soupçon était absurde.

— Un amant ?

Le docteur parut abasourdi.

— Hein ?

— Je disais : un autre homme, une déception amoureuse, excusez-moi mais…

— Je crois que le seul homme de la vie de Giulia a été mon frère.

Et là, Montalbano perdit patience. Il en avait marre de jouer à la main chaude. Et, par ailleurs, on ne peut pas dire que Carlo Mistretta lui était très sympathique. Il allait rouvrir la vouche quand le médecin, comme s'il avait compris le changement d'humeur du commissaire, leva la main pour l'arrêter.

— Le frère, dit-il.

Seigneur ! Et d'où il sortait, ce frère ? Et puis, le frère de qui ?

Il l'avait compris tout de suite que, dans cette histoire, entre frères, oncles, nièce, il y perdrait son latin.

— Le frère de Giulia, poursuivit le docteur.

— Mme Mistretta a un frère ?

— Oui. Antonio.

— Et comment se fait-il qu'il ne…

— Il ne s'est pas montré, même durant ces dramatiques circonstances, parce qu'ils ne se fréquentent plus depuis longtemps. Depuis très longtemps.

Et là, à Montalbano, il arriva ce qui, de temps en temps, pendant qu'il menait une enquête, lui arrivait. À savoir que dans sa coucourde quelques données apparemment inexplicables entre elles, à l'improviste, se soudaient et chaque morceau se rangeait au bon endroit dans le puzzle à composer. Et cela arrivait avant même qu'il en eût une conscience parfaite. De sorte que ce furent les lèvres du commissaire, presque indépendamment de lui, qui dirent :

— Disons, depuis six ans ?

Le médecin le regarda d'un air surpris.

— Vous savez déjà tout ?

Montalbano eut un geste sans signification précise.

— Non, pas depuis six ans, corrigea le docteur. Mais tout a commencé il y a six ans. Vous voyez, ma belle-sœur Giulia et son frère Antonio, qui est son cadet de trois ans, sont restés orphelins quand ils étaient enfants. Un malheur, les parents sont morts dans un accident ferroviaire. Les orphelins ont été recueillis par un oncle maternel, célibataire, qui les traita toujours avec beaucoup d'affection. Giulia et Antonio grandirent très liés l'un à l'autre, comme il arrive souvent aux orphelins. Peu après le seizième anniversaire de Giulia, l'oncle mourut. De l'argent, ils en avaient très peu et Giulia quitta l'école pour continuer à faire étudier Antonio ; elle s'est mise à travailler comme vendeuse. Salvatore, mon frère, la rencontra quand elle avait vingt ans et en tomba amoureux. Ou plutôt : ils tombèrent amoureux. Mais Giulia refusa de l'épouser avant d'avoir vu Antonio finir ses études et trouver un bon poste. Elle n'accepta jamais la moindre aide économique de son futur mari, elle fit tout elle-même. Puis Antonio devint ingénieur, trouva un bon travail et alors Giulia et Salvatore purent se marier. Au bout de cinq ans d'union, on offrit à mon frère de travailler en Uruguay. Il accepta et partit avec sa femme. Entre-temps…

La sonnerie du téléphone, dans le silence de la villa et de la campagne qui les entourait de toutes parts, parut une rafale de kalachnikov. Le médecin se leva d'un bond, se rapprocha du buffet où se trouvait l'appareil.

— Allô ? Oui, je vous écoute… Quand ? Oui, je viens tout de suite… Il y a ici chez moi le commissaire Montalbano, vous voulez lui parler ?

Il avait blêmi. Sans mot dire, il se tourna, lui tendit le combiné. C'était Fazio.

— *Dottore ?* Je vous ai cherché au commissariat et chez vous, mais on n'a pas pu me dire… Les ravisseurs ont téléphoné y a pas cinq minutes… Il vaut mieux que vous veniez aussi.

— J'arrive.

— Juste un instant, dit Carlo Mistretta, je vais prendre des médicaments pour Salvatore, il est bouleversé.

Il sortit. Ils avaient téléphoné en avance. Pourquoi ? Peut-être que pour eux quelque chose tournait mal et ils n'avaient plus beaucoup de temps à leur disposition ? Ou bien une simple tactique pour brouiller les idées à tout le monde ? Le médecin revint avec une mallette.

— Je vais devant et vous me suivez avec votre auto. D'ici, il y a une route plus courte pour arriver chez mon frère.

NEUF

Ils arrivèrent en une petite demi-heure. Le portail fut ouvert par un agent de Montelusa qui ne connaissait pas le commissaire. Il fit passer le docteur et puis bloqua la voiture de Montalbano.

— Vous êtes qui, vous ?

— Qu'est-ce que je donnerais pas, pour le savoir ! Disons que, par convention, le commissaire Montalbano, je suis.

L'autre le regarda, ahuri, mais le laissa entrer. Au salon, il n'y avait que Minutolo et Fazio.

— Où est mon frère ? demanda le médecin.

— Écoutez, dit Minutolo, pendant qu'il écoutait le coup de fil, il a presque perdu connaissance. Alors, je suis monté appeler l'infirmière qui l'a ranimé et convaincu d'aller s'étendre.

— Je monte, dit le docteur.

Et il sortit avec sa mallette. Entre-temps, Fazio avait préparé le matériel près du téléphone.

— Ça aussi, c'est un message enregistré, avertit Minutolo. Et cette fois, ils entrent dans le vif du sujet. Écoute-le et après, on en parle.

Écoutez-moi attentivement. Susanna est en bonne santé mais elle est désespérée, parce qu'elle voudrait être à côté de sa mère. Préparez six milliards. Je répète, six milliards. Les Mistretta savent où les trouver. À bientôt.

La même voix masculine contrefaite que lors du premier appel.

— On a réussi à repérer d'où ça venait ? demanda Montalbano.

— Qu'est-ce que tu fais comme questions inutiles ! rétorqua Minutolo.

— Cette fois, ils n'ont pas fait entendre la voix de Susanna.

— Eh oui.

— Et ils parlent de milliards.

— Et de quoi tu veux qu'ils parlent ? demanda Minutolo, ironique.

— D'euros.

— Mais ce n'est pas pareil ?

— Non, c'est pas pareil. À moins que tu appartiennes à cette catégorie de commerçants qui font correspondre mille lires à un euro[1].

— Explique-toi mieux.

— Rien, une impression.

— Dis-la.

— La personne qui nous envoie le message a la tête qui fonctionne à l'ancienne, il lui est naturel de compter en lires et non en euros. Il n'a pas dit trois millions d'euros, il a dit six milliards. En somme, pour moi, cela signifie que celui qui téléphone a un certain âge.

— Ou qu'il est assez malin pour nous faire faire ces

1. L'euro correspond plus ou moins à deux mille des anciennes lires. La somme demandée par les ravisseurs équivaut donc à trois millions d'euros. *(N.d.T.)*

raisonnements, dit Minutolo. Il se fout de notre gueule comme il l'a fait avec le casque laissé d'un côté et le sac à dos qu'il a abandonné de l'autre.

— Je peux sortir un peu, j'ai besoin d'air. Cinq minutes et je reviens. De toute façon, si quelqu'un téléphone, vous êtes là, dit Fazio.

Ce n'est pas qu'il avait vraiment besoin, mais ça ne lui paraissait pas bien de rester à écouter les discussions de ses supérieurs.

— Vas-y, vas-y, dirent ensemble Minutolo et Montalbano.

— Mais dans ce coup de fil, il y a un élément de nouveauté qui me paraît assez sérieux, reprit Minutolo.

— Eh oui, dit Montalbano. Le ravisseur est sûr que les Mistretta savent où aller trouver les six milliards.

— Alors que nous n'en avons pas la moindre idée.

— Mais nous pourrions l'avoir.

— Et comment ?

— En nous mettant à la place des ravisseurs.

— Tu veux galéjer ?

— Pas du tout. Je disais que nous aussi nous pourrions contraindre les Mistretta à faire les pas nécessaires dans la direction juste, celle au fond de laquelle il est possible d'avoir l'argent de la rançon. Et ces pas, ils pourraient nous éclairer sur beaucoup de choses.

— Je ne t'ai pas compris.

— Je résume, comme ça ; tu comprendras. Les ravisseurs le savaient très bien qu'au départ les Mistretta n'étaient pas en mesure de payer la rançon, et pourtant, ils ont quand même enlevé la petite. Pourquoi ? Parce qu'ils savaient que les Mistretta, en cas de nécessité, avaient la possibilité d'entrer en possession d'une grosse somme. Jusque-là, t'es d'accord ?

— D'accord.

— Attention, les ravisseurs sont pas les seuls à savoir cette possibilité qu'ont les Mistretta.

— Ah non ?

— Non.

— Et toi, comment tu le sais ?

— Fazio m'a raconté deux coups de fil bizarres. Fais-les-toi répéter.

— Et pourquoi il ne les a pas dits à moi aussi ?

— Il a dû oublier, mentit Montalbano.

— Concrètement, qu'est-ce que je devrais faire ?

— Tu as averti le juge de ce coup de fil ?

— Pas encore. Je le fais tout de suite.

Et il tendit la main vers le combiné.

— Attends. Tu devrais lui suggérer que, à présent que les ravisseurs font une demande précise, il devrait mettre sous séquestre les biens de M. Mistretta et de sa femme. Et communiquer immédiatement à la presse cette mesure.

— Qu'est-ce qu'on va y gagner ? Les Mistretta n'ont pas une lire, la Terre entière le sait. Ce serait un acte purement formel.

— Bien sûr. Ce serait formel si ça restait entre toi, moi, le juge et les Mistretta. Mais j'ai dit qu'il faut faire connaître cette mesure. L'opinion publique, c'est peut-être de la connerie en barre, comme certains soutiennent, mais ça compte. Et l'opinion publique va commencer à se demander s'il est vrai que les Mistretta savent où trouver l'argent et, si c'est vrai, pourquoi ils ne font pas ce qu'il faut faire pour entrer en possession de cet argent. Si ça se trouve, les ravisseurs eux-mêmes vont être obligés de dire ce que les Mistretta doivent faire. Et quelque chose devrait finir par se découvrir. Parce que ça, mon cher, à vue de nez, ça ne me paraît pas un simple enlèvement.

— Alors, qu'est-ce que c'est ?

— Je ne sais pas. Ça me donne l'impression d'un jeu de billard à trois bandes.

— Tu sais quoi ? Dès qu'il se reprend, je vais soumettre le père de Susanna à un interrogatoire serré.

— Vas-y, fais-le. Mais garde une chose en tête : même si nous venions à savoir des Mistretta, dans les cinq minutes, la vérité, cela ne change pas le fait que le juge doit procéder comme il a été décidé. Moi, si tu permets, je vais parler avec le docteur dès qu'il descend. J'étais chez lui quand Fazio lui a téléphoné. Il était en train de me raconter des choses intéressantes, ça vaut la peine qu'il continue.

À ce moment, Carlo Mistretta entra au salon.

— Mais c'est vrai qu'ils ont demandé six milliards ?

— Oui, dit Minutolo.

— Ma pauvre nièce ! s'exclama le médecin.

— Venez prendre un peu d'air, l'invita Montalbano.

Le docteur le suivit comme un somnambule. Ils s'assirent sur un banc. Montalbano vit Fazio qui se dépêchait de rentrer au salon. Le commissaire allait ouvrir la bouche quand Mistretta, une fois encore, le précéda.

— Le coup de fil que m'a rapporté mon frère est en rapport direct avec l'histoire que je vous racontais chez moi.

— Je m'en suis convaincu, dit le commissaire. Il faudrait donc, si vous vous sentez…

— Je me sens. Où en étions-nous restés ?

— Que votre frère et sa femme avaient déménagé en Uruguay.

— Ah oui. Moins d'un an plus tard, Giulia écrivit une longue lettre à Antonio. Elle lui proposait de les rejoindre en Uruguay, il y avait d'excellentes perspectives de travail, le pays était en voie de développement, Salvatore s'était gagné l'estime de personnes importantes en position de l'aider… J'oubliais de vous dire qu'Antonio avait obtenu un diplôme en ingénierie civile, vous savez, les ponts, les viaducs, les routes… Bien, il accepta et partit. Dans les premiers temps, ma belle-sœur l'aida sans réserves. Il resta cinq ans en Uruguay.

Pensez qu'à Montevideo, ils avaient acheté deux appartements dans le même immeuble, pour être voisins. Entre autres, Salvatore, pour son travail, restait des mois entiers loin de chez lui et il se sentait plus tranquille de savoir qu'il ne laissait pas seule sa jeune épouse. Bref, en ces cinq ans, Antonio fit fortune. Non pas tant comme ingénieur, m'expliqua mon frère, que par son habileté à jouer sur les zones franches qui, dans le coin, étaient nombreuses… Une manière plus ou moins légale de pratiquer l'évasion fiscale.

— Pourquoi est-ce qu'il est parti ?

— Il disait qu'il avait une grande nostalgie de la Sicile. Qu'il n'en pouvait plus. Et qu'avec tout ce fric qu'il avait maintenant, il pouvait se mettre à son compte. Toutefois mon frère a soupçonné par la suite, mais pas sur le moment, qu'il y avait une raison plus sérieuse.

— C'est-à-dire ?

— Qu'il avait fait un faux pas. Qu'il craignait pour sa vie. Dans les deux mois précédant son départ, il était d'une humeur impossible, mais Giulia et Salvatore l'attribuèrent à son éloignement prochain. Ils ne formaient qu'une seule famille. Et de fait, Giulia souffrit beaucoup du départ de son frère. Au point que Salvatore accepta une offre de travail au Brésil rien que pour la faire vivre dans une atmosphère nouvelle.

— Et ils ne se sont plus vus jusqu'à…

— Mais qu'est-ce que vous imaginez ?! À part le fait qu'ils se téléphonaient et s'écrivaient sans arrêt, Giulia et Salvatore venaient en Italie au moins tous les deux ans et passaient leurs vacances avec Antonio. Pensez que quand Susanna est née…

Et à prononcer ce nom, la voix du docteur s'enroua.

— … quand Susanna est née, tardivement, ils n'espéraient plus avoir d'enfants, ils ont emmené la fillette ici pour la faire tenir sur les fonts baptismaux par Antonio, qui était trop occupé pour venir. Il y a huit ans, mon frère et Giulia sont revenus définitivement vivre ici. Ils s'étaient fatigués, ils avaient parcouru presque toute l'Amérique du Sud, ils voulaient que Susanna grandisse chez nous et du reste, Salvatore avait mis beaucoup de côté.

— Il pouvait se considérer comme un homme riche ?

— Sincèrement, oui. C'était moi qui m'occupais de tout. J'investissais ses bénéfices dans des titres, des terrains, des maisons... Aussitôt après leur arrivée, Antonio leur annonça qu'il s'était fiancé et qu'il se marierait bientôt. La nouvelle étonna fort Giulia : pourquoi son frère n'avait-il jamais évoqué sa rencontre avec une jeune femme qu'il souhaitait épouser ? La réponse, elle l'eut quand Antonio lui présenta Valeria, sa future femme. Une jeunette très belle, d'une vingtaine d'années. Et lui, Antonio, il approchait des cinquante. Et pour cette fillette, il avait littéralement perdu la tête.

— Ils sont encore mariés ? demanda Montalbano avec une méchanceté involontaire.

— Oui. Mais Antonio découvrit très vite que, pour la tenir, il devait la couvrir de cadeaux, exaucer le moindre de ses désirs.

— Et il s'est ruiné ?

— Non, les choses ne se sont pas passées comme ça. Mains Propres[1] a commencé.

— Un moment, l'interrompit Montalbano, l'histoire de Mains Propres a commencé à Milan il y a plus de dix ans, quand votre frère et sa femme étaient encore à l'étranger. Et avant le mariage d'Antonio.

— D'accord. Mais vous savez bien comment l'Italie est faite, non ? Tout ce qui se passe au Nord, fascisme,

1. *Mani pulite* : série d'enquêtes lancée par des magistrats de Milan qui ont abouti à mettre en évidence des liens entre affairistes, mafias et politiciens, et à renouveler une bonne partie du personnel politique, sans qu'on puisse affirmer que la corruption ait depuis beaucoup reculé en Italie. *(N.d.T.)*

libération, industrialisation, arrive chez nous avec beaucoup de retard, comme une vague paresseuse. Et donc, chez nous aussi, quelques magistrats se sont réveillés. Antonio avait remporté beaucoup d'appels d'offres de travaux publics, ne me demandez pas comment il a fait parce que je ne le sais pas et ne veux pas le savoir, même si c'est facile à deviner[1].

— Il a été l'objet d'une enquête ?

— Il a pris l'initiative. C'est un homme très habile. Pour échapper à d'éventuelles investigations qui auraient certainement entraîné son arrestation et sa condamnation, il fallait que certains documents disparaissent. Alors, il avoua, en larmes, à sa sœur, un soir d'il y a six ans. Et il ajouta que le coût de l'opération serait de deux milliards. À trouver d'ici un mois maximum, parce qu'il n'avait pas à ce moment de liquidités et ne voulait pas demander d'argent aux banques. C'était une période où n'importe quel mouvement de sa part pouvait être mal interprété. Il dit que ça lui donnait envie de rire et de pleurer à la fois, parce que deux milliards, pour lui, c'était une bêtise, par rapport aux sommes énormes qui lui passaient entre les mains. Et pourtant ces deux milliards représentaient son salut. Et puis ce n'était qu'un emprunt. D'ici trois mois, il s'engageait à rendre la somme entière, majorée des pertes subies en vendant dans l'urgence. Giulia et mon frère passèrent la nuit debout à discuter. Mais Salvatore aurait donné sa chemise pour ne pas voir sa femme désespérée. Le lendemain matin, ils m'appelèrent et me mirent au courant de la requête d'Antonio.

— Et vous ?

— Moi, je l'avoue, dans un premier temps, j'ai mal réagi. Puis, il m'est venu une idée.

1. Pour un Sicilien, en effet, il est facile de deviner qu'il a passé des accords avec la Mafia, qui a la haute main sur les appels d'offres et les travaux publics. *(N.d.T.)*

— Laquelle ?

— J'ai dit que cette demande me paraissait une folie, une absurdité. Il suffisait que Valeria, sa femme, vende la Ferrari, le bateau, quelques bijoux et ces deux milliards, on y arriverait facilement. Ou bien, s'ils n'arrivaient pas à ce chiffre, ils pourraient couvrir eux la différence, mais seulement la différence. En somme, j'ai essayé de limiter les dégâts.

— Et vous y avez réussi ?

— Non. Giulia et Salvatore ont parlé avec Antonio le jour même et lui ont exposé ma proposition. Mais Antonio a fondu en larmes ; il avait la larme facile durant cette période. Il a dit que s'il acceptait, non seulement il perdrait Valeria mais que ça serait su et qu'il perdrait même le crédit dont il jouissait. On aurait pensé qu'il était au bord de la faillite. Et c'est comme ça que mon frère a décidé de tout vendre.

— Par pure curiosité : ils ont réalisé combien ?

— Un milliard sept cents millions. Au bout d'un mois, ils ne possédaient plus rien, hormis la retraite de Salvatore.

— Encore une question de curiosité, excusez-moi. Vous savez comment Antonio a réagi quand on lui a remis une somme inférieure ?

— Mais on lui a remis les deux milliards qu'il voulait !

— Et qui a couvert la différence ? Une question de curiosité, excusez-moi.

— C'est vraiment nécessaire de le dire ?

— Oui.

— Moi, articula de mauvais gré le médecin.

— Et ensuite, qu'est-ce qui s'est passé ?

— Il s'est passé qu'au bout de trois mois, Giulia a demandé à Antonio s'il pouvait rendre l'argent emprunté, au moins en partie. Le frère a demandé une prolongation d'une semaine. Notez qu'il n'y avait rien d'écrit, reçu, billet à ordre, chèques postdatés, rien. L'unique papier était le reçu des deux cent cinquante millions que mon frère avait insisté pour me laisser. Quatre jours plus tard, Antonio fut mis en examen. Il était accusé de diverses choses, entre autres de corruption de fonctionnaires, de faux bilans et toutes ces sortes de choses. Quand Giulia, au bout de cinq mois, désireuse d'envoyer Susanna étudier à Florence dans un collège d'élite, revint demander au moins une partie du prêt, Antonio lui a répondu grossièrement que c'était vraiment pas le moment. Et Susanna est restée à étudier ici. En somme, pour être bref, le moment de payer ne vint jamais.

— Vous voulez dire que ces deux milliards n'ont jamais été rendus ?

— Exactement. Antonio s'en tira au procès, très probablement parce qu'il avait fait disparaître les documents qui l'accusaient, mais mystérieusement, une de ses sociétés fit faillite. Par une sorte d'effet domino, ses autres sociétés connurent la même fin. Tout le monde s'est fait avoir, créditeurs, fournisseurs, employés, ouvriers. En outre, sa femme s'était laissé gagner par le vice du jeu, elle avait perdu des sommes incroyables. Il y a trois ans, il y eut une scène entre le frère et la sœur, tout rapport cessa entre eux et Giulia tomba malade. Elle ne voulait plus vivre. Et comme vous n'aurez pas de mal à comprendre, ce n'était pas une simple question d'argent.

— Comment vont les affaires d'Antonio, maintenant ?

— Magnifiquement. Il y a deux ans, il a trouvé d'autres capitaux, je crois que les faillites étaient toutes fabriquées et qu'en réalité, il avait exporté illégalement son argent à l'étranger. Puis, avec la nouvelle loi[1], il l'a rapatrié, a payé le pourcentage et s'est mis en règle. Comme la plupart des malhonnêtes qui ont fait pareil,

1. Une loi promulguée par Berlusconi autorisant le rapatriement de capitaux illégalement sortis d'Italie moyennant une légère amende. *(N.d.T.)*

une fois que la loi a permis que l'illégalité devienne légale. Toutes ses sociétés, du fait des faillites précédentes, sont maintenant au nom de sa femme. Mais nous, je le répète, nous n'avons pas vu une lire.

— Comment c'est, le nom de famille d'Antonio ?

— Perruzzo. Antonio Perruzzo.

Ce nom lui était connu. Fazio le lui avait communiqué en lui racontant le coup de fil de l'« ex-employé administratif de la Perruzzo » qui rappelait au géologue Mistretta à quel point l'excès d'orgueil pouvait nuire. Maintenant tout cela commençait à prendre du sens.

— Vous comprendrez, poursuivit le docteur, que la maladie de Giulia complique la situation présente.

— De quelle manière ?

— Une mère est toujours une mère.

— Alors qu'un père, quelquefois, est un père et quelquefois non ? demanda avec brusquerie le commissaire, quelque peu agacé de la phrase toute faite qu'on venait de lui sortir.

— Je voulais dire que si Giulia n'était pas si malade, devant le danger mortel que court Susanna, il n'hésiterait pas un instant à appeler Antonio à l'aide.

— Vous pensez que votre frère, au contraire, s'en abstiendra ?

— Salvatore est un homme très orgueilleux.

Le même mot employé par l'anonyme ex-employé de la société Perruzzo.

— Vous croyez qu'il ne céderait en aucun cas ?

— Oh, mon Dieu, aucun cas ! Peut-être que sous une forte pression ?

— Comme par exemple recevoir une lettre contenant une oreille de sa fille ?

Phrase prononcée exprès. La manière dont le docteur s'était mis à raconter toute l'affaire lui avait tapé sur les nerfs, on eût dit qu'il n'était en rien concerné par toute l'histoire, même s'il y avait perdu deux cent cinquante millions. Il ne s'agitait que quand on prononçait le nom de Susanna. Mais cette fois, le médecin sursauta si fort que Montalbano sentit une légère secousse dans le banc sur lequel ils étaient assis.

— Ils peuvent aller jusque-là ?

— S'ils veulent, ils peuvent aller encore plus loin…

Il avait aréussi à le réveiller, le docteur. Dans la faible lumière qui arrivait des deux portes-fenêtres du salon, il le vit se glisser une main dans la poche, en tirer un mouchoir, se le passer sur le front. Il fallait passer par ce défaut qu'il avait trouvé dans l'armure de Carlo Mistretta.

— Docteur, je vais vous parler sans détour. Au point où nous en sommes, nous n'avons pas la moindre idée ni de l'identité des ravisseurs ni de l'endroit où Susanna est tenue prisonnière. Pas même une idée approximative, même si nous avons trouvé le casque et le sac à dos de votre nièce. Vous étiez au courant de ces découvertes ?

— Non, je l'apprends à l'instant de vous.

Et là s'imposa une véritable plage de silence. Parce que Montalbano s'attendait à une question du médecin. Une question naturelle, que n'importe qui aurait posée. Mais le médecin n'ouvrit pas la bouche. Alors, le commissaire se décida à continuer.

— Si votre frère ne prend aucune initiative, cela pourra être interprété par les ravisseurs comme une volonté déclarée de ne pas collaborer.

— Qu'est-ce qu'on peut faire ?

— Essayez de persuader votre frère de faire quelques pas en direction d'Antonio.

— Ça sera dur.

— Dites-lui que, dans le cas contraire, ces pas, ce sera vous qui serez contraint de les faire. Ou bien, à vous aussi, ça vous pèserait trop ?

— Oui, à moi aussi, ça me coûte, vous savez ? Mais certainement pas autant qu'à Salvatore.

Il se leva, très raide.

— On rentre ?

— Je préfère prendre encore un peu l'air.

— Alors, j'y vais. Je vais passer d'abord voir comment va Giulia et puis, si Salvatore est réveillé, mais j'en doute, je lui rapporterai ce que vous m'avez dit. Autrement, je le ferai demain matin. Bonne nuit.

Montalbano n'eut pas le temps de finir sa cigarette qu'il vit la silhouette du médecin sortir du salon, monter dans le tout-terrain, partir.

Manifestement, il n'avait pas trouvé Salvatore réveillé et n'avait pas réussi à lui parler.

Le commissaire se leva lui aussi et rentra dans la maison. Fazio lisait un journal, Minutolo avait la tête plongée dans un roman, l'agent matait une revue de voyages.

— Désolé de briser la paix de votre cercle de lecture, dit Montalbano, puis il se tourna vers Minutolo : Il faut que je te parle.

Ils se mirent dans un coin du salon. Et le commissaire lui raconta tout ce qu'il avait appris du docteur.

Il jeta un coup d'œil à sa montre tandis qu'il roulait vers Marinella. Sainte Mère, qu'il était tard ! Livia s'était certainement déjà couchée. C'était mieux comme ça, parce que si elle avait veillé, c'était sûr comme la mort, il aurait eu droit à la classique engueulade. Il ouvrit doucement la porte. La maison était dans l'obscurité, mais la lampe extérieure de la véranda était allumée. Livia se trouvait là, assise sur le banc, elle avait enfilé un chandail épais et posé devant elle un verre de vin.

Montalbano se pencha pour lui donner un baiser.

— Excuse-moi.

Elle lui rendit son baiser. Le commissaire sentit

monter une chanson en dedans de lui, il n'y aurait pas de dispute. Mais Livia lui parut mélancolique.

— Tu es restée à la maison à m'attendre ?

— Non. Beba m'a appelée pour me dire que Mimì était à l'hôpital. Je suis allée le trouver.

DIX

Une morsure de jalousie, immédiate. Absurde, bien sûr, mais il n'y pouvait rin. Se pouvait-il que Livia fût mélancolique passque Mimì était dans un lit à l'hôpital ?

— Comment il va ?

— Il a deux côtes cassées. Demain matin, ils le laissent partir. Il se soignera chez lui.

— Tu as dîné ?

— Oui, je n'ai pas réussi à t'attendre, dit Livia, et elle se leva.

— Où tu vas ?

— Je vais te réchauffer…

— Mais non. Je me prends quelque chose au frigo…

Il revint avec sur une assiette des olives vertes et noires et du cacciocavallo de Raguse. Dans l'autre main, un verre et une bouteille de vin. Le pain, il l'avait glissé sous l'assiette. Il s'assit. Livia matait la mer.

— Je pense sans arrêt à cette fille séquestrée, dit-elle sans se retourner. Et je n'arrive pas à me sortir de la tête une chose que tu m'as dite la première fois qu'on a parlé de l'enlèvement.

En un certain sens, Montalbano se sentit tranquillisé. Livia était d'humeur mélancolique, non pas pour Mimì mais pour Susanna.

— Qu'est-ce que je t'ai dit ?

— Que l'après-midi de ce jour où elle a été enlevée, la jeune fille est allée dans l'appartement de son fiancé pour faire l'amour.

— Eh beh ?

— Mais tu m'as dit que, chaque fois, c'était le garçon qui demandait, alors que ce jour-là, au contraire, c'est Susanna qui a pris l'initiative.

— Ça signifie quoi, ça, d'après toi ?

— Que peut-être elle a eu comme un pressentiment de ce qui allait lui arriver.

Montalbano préféra ne pas répondre ; lui, aux pressentiments, aux songes prémonitoires et aux trucs de ce genre, il n'y croyait pas.

Au bout d'un moment de silence, Livia demanda :

— À quel point êtes-vous ?

— Il y a deux heures encore, je n'avais ni boussole ni sextant.

— Et maintenant, tu les as ?

— Je l'espère.

Et il commença à raconter ce qu'il avait appris. À la fin de son récit, Livia le considéra d'un air perplexe.

— Je ne comprends pas quelles conclusions tu peux tirer de l'histoire que t'a racontée le Dr Mistretta.

— Aucune conclusion, Livia. Mais il y a des points de départ, beaucoup, que je n'avais pas avant.

— C'est-à-dire ?

— Par exemple, et là-dessus je m'en suis convaincu, ils n'ont pas voulu enlever la fille de Salvatore Mistretta mais la nièce d'Antonio Perruzzo. C'est lui qui a les sous. Et il n'est pas dit que l'enlèvement ait été fait seulement pour l'argent de la rançon, on vise peut-être aussi la vengeance. Quand Perruzzo a fait faillite, il a dû mettre beaucoup de monde dans le pétrin. Et la technique qu'utilisent les ravisseurs est de tirer lentement sur le devant de la scène Antonio Perruzzo. Lentement, pour ne pas faire comprendre que, depuis le début, ils voulaient arriver à lui. La personne qui a organisé l'enlèvement savait ce qui s'est passé entre Antonio et sa sœur, savait qu'Antonio avait des obligations envers les Mistretta, savait qu'Antonio, en tant que parrain de baptême de Susanna…

Il s'interrompit d'un coup, il aurait voulu se mordre la langue. Livia le fixait, d'un air suave, on eût dit un ange.

— Pourquoi tu ne continues pas ? Il t'est venu à l'esprit que tu as toi aussi accepté d'être le parrain du fils d'un délinquant et que donc tu devras assumer de lourdes obligations ?

— S'il te plaît, tu veux bien laisser tomber cette discussion ?

— Non, poursuivons-la, au contraire.

Ils la poursuivirent, s'engueulèrent, firent la paix, allèrent se coucher.

À trois heures, vingt-sept minutes et quarante secondes, le ressort du temps se bloqua. Mais cette fois, le tic-tac fut lointain, il ne le réveilla qu'à moitié.

On aurait pu croire que le commissaire avait parlé avec les piafs. On croit en effet, à Vigàta et alentours que les corneilles, oiseaux parlants, communiquent, à qui sait les entendre, les dernières nouveautés sur les événements des hommes parce que, eux, à vol d'oiseau, justement, ils ont une claire vision d'ensemble. Le fait est que vers dix heures du matin, comme Montalbano s'atrouvait au bureau, la bombe explosa, littéralement. Minutolo lui téléphona.

— T'es au courant, pour Televigàta ?

— Non. Pourquoi ?

— Parce qu'ils ont interrompu leurs émissions. Il n'y a qu'un panneau qui dit que dans dix minutes, ils vont faire une édition spéciale du journal.

— Visiblement, ils y ont pris goût.

Il raccrocha et appela Nicolò Zito.

— Qu'est-ce que c'est, cette histoire d'édition spéciale ?

— Je n'en sais rin.

— Les ravisseurs se sont manifestés auprès de vous ?

— Non. Mais comme l'autre fois, on leur a pas donné satisfaction…

Quand il arriva au bar, la télévision était allumée et on voyait le panneau. Il y avait une trentaine de pirsonnes, elles aussi dans l'attente de l'édition spéciale, manifestement le bruit s'était répandu à la vitesse de l'éclair. Le panneau disparut, au profit du sigle du journal télévisé avec l'inscription « édition extraordinaire ». Le sigle parti, se matérialisa la face en cul de poule de Pippo Ragonese.

— Chers auditeurs, il y a une heure, au courrier du matin, est arrivée à la rédaction une enveloppe très banale, expédiée de Vigàta, sans indication d'expéditeur, l'adresse étant écrite en capitales. À l'intérieur se trouvait un cliché Polaroïd. C'était une photo de Susanna, prisonnière. Nous ne sommes pas en mesure de vous la montrer parce que, respectueux de la loi, nous l'avons immédiatement fait parvenir au magistrat qui conduit les enquêtes. Mais nous considérons de notre devoir de journalistes de porter ce fait à votre connaissance. La jeune fille a une lourde chaîne à la cheville et gît au fond d'une espèce de puits asséché. Elle n'a pas les yeux bandés ni la bouche bâillonnée. Elle est assise par terre sur des chiffons, genoux serrés entre les bras et regarde vers le haut, en larmes. Au verso de la photo, toujours en capitales, est écrite cette phrase d'apparence énigmatique : « À qui de droit ».

Il marqua une pause, la caméra se rapprocha de lui. Très premier plan. Montalbano eut l'impression que, d'un instant à l'autre, pouvait sortir de la bouche de Ragonese un œuf tout chaud.

— Dès que nous avons appris l'enlèvement de la pauvre jeune fille, notre diligente rédaction s'est mise en mouvement. Quel sens cela a-t-il, nous sommes-nous demandé, d'enlever une jeune fille dont la famille n'est absolument pas en mesure de payer la rançon ? Et ainsi, tout de suite, nous avons dirigé nos recherches pile dans la bonne direction.

« Mon cul, oui, cornard ! » s'exclama intérieurement Montalbano. « Toi, tout de suite, tu as pinsé aux immigrés ! »

— Et aujourd'hui, nous sommes en possession d'un nom, continua Ragonese d'une voix de film d'horreur, le nom de la personne capable de payer la rançon demandée. Ce n'est certes pas le père mais peut-être le parrain. C'est à lui qu'est adressée la phrase au verso de la photo : « À qui de droit ». Nous, en vertu du respect que nous avons toujours eu et continuons à avoir pour la vie privée, nous n'en prononcerons pas le nom. Mais nous la supplions d'intervenir, cette personne, comme elle le peut et le doit, im-mé-dia-te-ment.

La tête de Ragonese disparut, le silence tomba sur le bar, Montalbano sortit et retourna au commissariat. Les ravisseurs avaient obtenu ce qu'ils voulaient. Il était à peine rentré que Minutolo le rappelait.

— Montalbano ? Le juge m'a fait porter à l'instant la photo dont a parlé ce cornard. Tu veux la voir ?

Au salon, il y avait Minutolo, seul.

— Et Fazio ?

— Il est descendu au pays, il devait signer un papier à la banque, arépondit Minutolo en lui tendant la photo.

— Et l'enveloppe ?

— La Scientifique la garde.

La photographie, par rapport à ce qu'avait raconté Ragonese, présentait des différences. Avant tout, il paraissait évident qu'il ne s'agissait pas d'un puits, mais d'une sorte de bassin cimenté et profond d'au moins trois mètres. Certainement inutilisé depuis fort longtemps passque juste sur le bord, à main gauche, partait une longue crevasse qui descendait vers le bas sur une quarantaine de centimètres et s'élargissait dans la portion finale.

Susanna était dans la position décrite, mais elle ne pleurait pas. Au contraire. Dans son expression, Montalbano perçut une détermination encore plus forte que celle qu'il avait notée dans l'autre photographie. Elle était assise non pas sur des chiffons, mais sur un vieux matelas.

Et il n'y avait aucune chaîne à sa cheville. La chaîne, c'était Ragonese qui se l'était inventée, une touche de couleur, comme on dit. La petite n'aurait certainement jamais réussi à sortir toute seule de là. À côté d'elle, mais presque hors champ, il y avait une assiette et un verre de plastique. Les vêtements étaient ceux qu'elle portait quand ils l'avaient prise.

— Le père l'a vue ?

— Tu veux galéjer ? Non seulement je lui ai pas fait voir la photo, mais même la télé, je l'ai empêché de la voir. J'ai dit à l'infirmière de ne pas le laisser sortir de sa chambre.

— L'oncle, tu l'as averti ?

— Oui, il m'a répondu qu'il ne pourra pas venir avant deux heures.

Pendant qu'il posait des questions, le commissaire continuait à mater la photographie.

— Ils la gardent sans doute dans une citerne d'eau de pluie qui n'est plus utilisée, dit Minutolo.

— À la campagne ? demanda le commissaire.

— Beh, oui. Peut-être qu'autrefois, à Vigàta, il y avait des citernes de ce genre mais maintenant, je crois vraiment pas. Et puis, elle n'est pas bâillonnée. Elle pourrait se mettre à crier. Dans un centre habité, ses cris s'entendraient.

— Si c'est ça, ils lui bandent pas les yeux non plus.

— Pour la faire descendre, ils ont dû utiliser une échelle, dit Montalbano. Qu'ils remettent pour la faire remonter quand elle en a besoin. Et ils lui donnent à manger probablement en faisant sans doute descendre un panier attaché à une longue corde.

— Alors, si nous sommes d'accord, dit Minutolo, je demande au Questeur d'intensifier les recherches dans les campagnes. Surtout dans les maisons de paysans. Au moins, la photo a servi à nous montrer qu'ils ne la gardent pas dans une grotte.

Montalbano allait rendre la photographie mais il se ravisa et continua de la mater avec attention.

— Il y a quelque chose qui te tracasse ?

— La lumière, arépondit Montalbano.

— Mais ils ont dû descendre une lampe quelconque !

— D'accord pour la lampe. Mais pas une lampe quelconque.

— Tu vas pas me dire qu'ils ont employé un projecteur !

— Non, ils ont utilisé une de ces lampes dont se servent les mécaniciens... tu sais, quand ils doivent mater un moteur au garage... celles qui ont un long fil... tu vois ces ombres régulières qui se croisent... c'est la projection du réseau maillé très large qui protège la lampe des chocs.

— Et alors ?

— C'est pas cette lumière qui me tracasse. Il doit y avoir une autre source lumineuse, celle qui est projetée sur le rebord opposé. Tu vois ? Je vais te dire comment ça se présente. Celui qui fait la photo n'est pas debout sur le bord de la citerne, mais il se tient à côté, plié en avant pour cadrer Susanna au fond. Cela signifie que les rebords du bassin sont plutôt larges et légèrement surélevés par rapport au terrain. Pour projeter une ombre comme ça, il faut que l'homme qui prend la photo ait une lumière dans son dos. Attention : si c'était une lumière concentrée, l'ombre serait plus forte, avec une meilleure définition.

— Je ne comprends pas où tu veux en venir.

— Que le photographe avait une fenêtre ouverte dans son dos.

— Et alors ?

— Et alors, ça te paraît logique qu'ils se mettent à prendre des photos d'une petite séquestrée en gardant les fenêtres ouvertes et sans la bâillonner ?

— Mais cela conforte mon hypothèse ! S'ils la gardent dans une ferme en campagne, elle peut crier tant qu'elle veut ! Personne ne l'entend, même si toutes les fenêtres sont ouvertes.

— Bof, fit Montalbano en retournant la photo.

À QUI DE DROIT

Écrit en capitales, au stylo, par une pirsonne qui était certainement habituée à écrire en talien. Mais dans la graphie, il y avait quelque chose d'étrange, de forcé.

— Je l'ai remarqué moi aussi, dit Minutolo. Il n'a pas voulu contrefaire l'écriture, ça me semble plutôt un gaucher qui s'efforce d'écrire de la main droite.

— À moi, ça me semble une écriture ralentie.

— C'est-à-dire ?

— Je ne sais pas comment m'expliquer. C'est comme si quelqu'un, qui aurait une écriture presque illisible, s'était forcé à écrire chaque lettre clairement et donc avait dû ralentir son rythme naturel d'écriture. Et puis, il y a autre chose. La lettre D de « Droit » montre une correction. Avant, ça se voit clairement, il y avait écrit la lettre « S ». On avait d'abord en tête une phrase comme « à qui se doit de… », mais on l'a changée en « à qui de droit ». Qui est plus simple et ramassé. La personne qui a enlevé ou fait enlever Susanna n'est pas un *quaraquaqua*, un bavard inconséquent mais quelqu'un qui connaît la valeur des mots.

— Tu es très fort, dit Minutolo. Mais là, maintenant, où nous mènent tes déductions ?

— Là, maintenant, nulle part.

— Alors, on se décide à penser à ce qu'il faut faire ? D'après moi, la première chose à faire est de prendre contact avec Antonio Perruzzo. D'accord ?

— Parfaitement. Tu as le numéro ?

— Oui. Pendant que je t'attendais, je me suis informé. Donc, à l'heure actuelle, Perruzzo a trois ou quatre sociétés coiffées par une sorte de siège central à Vigàta, qui s'appelle Progrès Italie.

Montalbano ricana.

— Qu'est-ce qu'il y a ?

— Comment pouvait-il en être autrement ? Ça correspond bien à l'époque. Le progrès de l'Italie confié à un embrouilleur !

— Tu te trompes, parce que, officiellement, tout est au nom de sa femme, Valeria Cusumano. Même si je suis convaincu que la dame n'a jamais mis les pieds dans ces bureaux.

— Très bien, téléphone.

— Non, téléphone, toi. Fais-toi donner un rendez-vous et va lui parler. Voilà le numéro.

Sur le bout de papier que lui tendit Minutolo, il y avait quatre numéros de téléphone. Il choisit celui qui correspondait à la mention « Direction générale ».

— Allô, le commissaire Montalbano, je suis. J'aurais besoin de parler avec l'ingénieur.

— Il y en a plus d'un ?

— Bien sûr, l'ingénieur Di Pasquale et l'ingénieur Nicotra.

Et le cher Antonio, qu'est-ce que c'était, un fantôme ?

— En fait, je voulais parler avec l'ingénieur Perruzzo.

— L'ingénieur est absent.

Montalbano sentit qu'il lui venait les nerfs.

— Absent du bureau ? Absent de la ville ? Absent à lui-même ? Absent…

— Absent de la ville, coupa la secrétaire, hautaine et quelque peu vexée.

— Quand est-ce qu'il rentre ?

— Je ne sais pas.

— Où est-il allé ?

— À Palerme.

— Vous savez où il est descendu ?

— À l'hôtel Excelsior.

— Il a un portable ?

— Oui.

— Donnez-moi le numéro.

— En fait, je ne sais pas si…

— Alors, vous savez ce que je vais faire ? dit Montalbano en prenant la voix chuchotante d'un type qui dégaine un poignard dans l'ombre. Je viens le lui demander en personne.

— Non, non, je vous le donne tout de suite !

L'ayant obtenu, il téléphona à l'Excelsior.

— L'ingénieur n'est pas à l'hôtel.

— Vous savez quand il revient ?

— En vérité, il n'est pas rentré cette nuit.

Le portable restait éteint.

— Et maintenant, qu'est-ce qu'on fait ? demanda Minutolo.

— On se fait une belle pignole, répondit, encore nerveux, le commissaire.

À ce moment, arriva Fazio.

— Au pays, il y a un de ces potins ! Tout le monde parle de l'ingénieur Perruzzo, l'oncle de la petite. Même si, à la télévision, on n'a pas prononcé son nom, on l'a reconnu quand même. Il y a deux partis qui se sont formés : l'un qui dit que l'ingénieur doit payer la rançon, l'autre que l'ingénieur n'a aucune obligation envers sa nièce. Mais ceux du premier sont beaucoup plus nombreux. Au café Castiglione, ça a failli finir à coups de poing.

— Et ils ont réussi à baiser Perruzzo, fut le commentaire de Montalbano.

— Je lui fais mettre le téléphone sur écoute, dit Minutolo.

En un rien de temps, l'eau du ciel qui avait acommencé à tomber sur l'ingénieur Perruzzo commença à se changer en un véritable déluge universel. Et l'ingénieur, cette fois, n'avait pas eu le temps de se préparer son arche de Noé.

Le père Stanzillà, le curé le plus vieux et le plus sage du pays, à tous les fidèles qui vinrent le trouver à l'église pour prendre son avis, arépondit qu'il n'y avait aucun doute ni humain ni divin : il revenait à l'oncle de payer la rançon, étant donné que c'était lui qui avait été le parrain de la petite. En outre, en payant ce que voulaient les ravisseurs, il ne ferait que restituer à la mère et au père de Susanna une grosse somme qu'il leur avait prise par tromperie. Et il racontait à tout le monde l'affaire des deux milliards, affaire qu'il connaissait parfaitement, jusque dans les moindres détails. Et heureusement pour Montalbano que Livia n'eût pas d'amies chez les bigotes qui auraient pu lui rapporter l'opinion du père Stanzillà.

Nicolò Zito, sur Retelibera, annonça à l'urbi et à l'orbo que l'ingénieur Perruzzo, mis en face de son devoir précis, s'était rendu injoignable. Encore une fois, il était resté fidèle à lui-même. Mais cette fuite, devant une question de vie ou de mort, non seulement ne l'exemptait pas de ses responsabilités, mais les rendait encore plus lourdes.

Pippo Ragonese, sur Televigàta, proclama que l'ingénieur, ayant été une victime de la magistrature rouge qui avait réussi à refaire fortune grâce à l'impulsion donnée par le nouveau gouvernement à l'entreprise privée, avait maintenant le devoir moral de démontrer que la confiance placée en lui par les banques et les institutions était méritée. D'autant plus qu'on parlait, et ce n'était certes pas un secret, d'une prochaine candidature aux élections, dans les rangs de ceux qui étaient en train de rénover l'Italie. Un geste de sa part, qui pourrait être interprété comme un refus par l'opinion publique, risquait d'avoir des conséquences fatales pour ses aspirations.

Titomanlio Giarrizzo, vénérable ex-président du Tribunal de Montelusa, déclara d'une voix ferme aux membres du Cercle des échecs que si, à son époque, on lui avait amené à la barre les ravisseurs, il les aurait certainement condamnés à de sévères peines, mais il les aurait aussi félicités pour avoir fait découvrir le vrai visage d'un flibustier émérite comme l'ingénieur Perruzzo.

Mme Concetta Pizzicato qui, au marché aux poissons, avait un étal surmonté d'un écriteau qui disait : « Chez Cuncetta chiromancienne voyante poisson frais », aux clients qui lui demandaient si l'ingénieur paierait la rançon, acommença de répondre : *cu al sangu sò fa mali/mori mangiatu da li maiali*, « qui fait du mal à ceux de son sang, meurt mangé par les cochons ».

— Allô ? Progrès d'Italie ? Le commissaire Montalbano, je suis. Est-ce qu'on a, par hasard, des nouvelles de l'ingénieur ?

— Aucune, aucune.

La voix de la petite était la même qu'au premier appel, sauf qu'elle avait un ton aigu, presque hystérique.

— Je rappellerai.

— Non, écoutez, c'est inutile, l'ingénieur Nicotra a ordonné de débrancher les téléphones dans dix minutes.

— Pourquoi ?

— Nous recevons des dizaines et des dizaines d'appels… insultes, obscénités.

Elle était sur le point de chialer.

ONZE

Vers cinq heures de l'après-midi, Gallo rapporta à Montalbano qu'au pays s'était répandu le bruit qui avait excité, s'il en était encore besoin, les esprits contre l'ingénieur. À savoir que Perruzzo, pour ne pas payer la rançon, avait demandé au juge la mise de ses biens sous séquestre. Et que le juge avait arefusé. Un truc qu'était *né 'n celu né 'n terra*, ni au ciel, ni sur la terre : impensable. Mais le commissaire voulut vérifier.

— Minutolo ? Montalbano, je suis. Tu sais, par hasard, comment le juge a l'intention d'agir par rapport à Perruzzo ?

— Écoute, il vient juste de me téléphoner, il était hors de lui. Quelqu'un lui a rapporté un bruit qui court…

— Je le connais.

— Beh, il m'a dit qu'il n'a eu aucun contact, ni direct, ni indirect, avec l'ingénieur. Et que, à l'heure actuelle, il n'est pas en mesure d'ordonner la mise sous séquestre des biens ni des parents des Mistretta, ni des amis des Mistretta, ni des connaissances des Mistretta, ni des compatriotes des Mistretta… Il n'arrêtait plus, un fleuve en crue.

— Écoute, la photo de Susanna, tu l'as encore ?

— Oui.

— Tu peux me la prêter jusqu'à demain ? Je veux la regarder de plus près. J'envoie Gallo la prendre.

— Tu te sors plus cette histoire de lumière de la tronche ?

— Eh oui.

Une menterie, ce n'était pas une affaire de lumière, mais d'ombre.

— Attention, Montalbà. Me la perds pas. Autrement, qui va se le fader, le juge ?

— Voilà la photo, dit Gallo une demi-heure après en lui tendant une enveloppe.

— Merci. Envoie-moi Catarella.

Catarella arriva en un éclair, la langue pendante comme les chiens qui entendent le coup de sifflet du patron.

— À vos ordres, *dottori* !

— Catarè, ton ami fidèle, le type qui est fort… qui sait agrandir les photographies… comment il s'appelle ?

— Son nom à lui-même est Cicco De Cicco, *dottori*.

— Il est encore à la Questure de Montelusa ?

— Oh que oui, *dottori*. Encore permanentement là il est.

— Très bien. Laisse Imbrò au standard et apporte-lui tout de suite cette photo. Je vais bien t'expliquer ce que tu dois faire.

— Y a un jeune qui veut vous parler. Il s'appelle Francesco Lipari.

— Fais-le entrer.

Francesco était devenu plus sec, les calamars sous ses yeux lui dévoraient maintenant la moitié du visage, on aurait dit l'homme masqué des BD.

— Vous avez vu la photo ? demanda-t-il sans même dire bonjour.

— Oui.

— Comment elle était ?

— Écoute, d'abord, elle n'était pas enchaînée, comme a raconté ce con de Ragonese. Ils la gardent pas dans un puits, mais à l'intérieur d'un bassin profond de plus de trois mètres. Eu égard à la situation, elle m'a paru aller bien.

— Je peux la voir moi aussi ?

— Si tu étais venu un peu plus tôt… Je l'ai envoyée à Montelusa pour des analyses.

— Quelles analyses ?

Il ne pouvait pas se mettre à lui raconter tout ce qui lui passait par la coucourde.

— Ça ne concerne pas Susanna, mais l'endroit où elle a été photographiée.

— On comprend s'ils lui ont… s'ils lui ont fait mal ?

— Je l'exclurais.

— On voyait son visage ?

— Bien sûr.

— Comment était son regard ?

Ce jeune deviendrait vraiment un bon flic.

— Elle n'était pas effrayée. C'est peut-être la première chose que j'ai remarquée. Et même, elle avait un regard extrêmement…

— … déterminé ? dit Francesco Lipari.

— Exact.

— Je la connais. Cela signifie qu'elle ne va pas se soumettre à la situation, que tôt ou tard, elle va essayer d'en sortir. Ceux qui l'ont enlevée vont devoir faire très attention.

Il marqua une pause. Puis il demanda :

— Vous pensez que l'ingénieur va payer ?

— Vu la façon dont ça tourne, il n'a pas d'autre solution que de lâcher la rançon.

— Vous le savez que Susanna ne m'a jamais parlé de cette histoire entre son oncle et sa mère ? Ça m'a mis un peu mal.

— Pourquoi ?
— Ça m'a paru un manque de confiance.

Quand Francesco eut quitté le bureau un peu plus serein que quand il y était entré, Montalbano réfléchit à ce que lui avait dit le jeune. Susanna, il n'y avait pas de doute qu'elle était courageuse et son regard dans la photographie le confirmait. Courageuse et résolue. Mais alors, pourquoi, au premier coup de fil, sa voix était-elle celle d'une pirsonne désespérée qui appelait au secours ? Est-ce qu'il n'y avait pas une contradiction entre la vouche et l'image ? Peut-être la contradiction n'était-elle qu'apparente. Le coup de fil remontait probablement à quelques heures après l'enlèvement et Susanna, en ces moments-là, n'avait pas encore repris la maîtrise d'elle-même, elle était encore sous un choc violent. On peut pas être courageux sans interruption vingt-quatre heures sur vingt-quatre. Oui, c'était la seule explication possible.

— *Dottori*, y dit comme ça Cicco De Cicco que lui, y s'y met tout de suite et donc les photoraphies seront promptes à demain matin envers les neuf heures.
— Tu iras les prendre.
D'un coup, Catarella prit un air mystérieux, se pencha en avant, dit à voix basse :
— C'est une affaire réserbée entre nous deux, *dottori* ?
Montalbano acquiesça du menton, Catarella sortit les bras collés au corps, les doigts des mains écartés, les genoux raides. L'orgueil de partager un secret avec son chef le faisait passer de l'état canin à celui du paon qui fait la roue.

Il monta en voiture pour rentrer à Marinella, plongé dans une pensée. Mais pouvait-il définir une pensée de cette sorte de brouillard confus fait de mots dépourvus de sens et d'images indéfinissables qui parfois lui traversaient la coucourde ? Il lui semblait que sa tête était adevenue comme quand tu regardes la télévision et que l'écran est traversé d'une traînée sableuse, en zigzag, une espèce de fastidieuse, nébuleuse interférence qui t'empêche de voir avec clarté ce que tu es en train de mater et en même temps te suggère une vision pâlie d'une autre émission contemporaine et tu te retrouves obligé de besogner sur les commandes et les boutons pour comprendre la cause du dérangement et le faire disparaître.

Et tout à coup, le commissaire ne sut plus où il s'atrouvait, il ne reconnut plus le paysage habituel de la route pour Marinella. Les maisons étaient différentes, les magasins étaient différents, les personnes différentes. Seigneur, où s'était-il fourré ? Il s'était certainement trompé, il avait pris une autre route. Mais comment était-ce possible, alors que cette route, il l'avait faite pendant des années au strict minimum deux fois par jour ?

Il se mit sur le côté, s'arrêta, regarda tout autour de lui et comprit enfin. Sans le vouloir, sans le savoir, il s'était dirigé vers la villa des Mistretta. Ses mains qui tenaient le volant, ses pieds qui poussaient les pédales avaient, pendant un instant, agi de leur propre chef, sans qu'il s'en rende compte le moins du monde. Parfois, ça lui arrivait, son corps se mettait à agir en parfaite autonomie, comme s'il ne dépendait pas de sa coucourde. Et quand il faisait comme ça, il était inutile de s'y opposer parce qu'une raison finissait toujours par apparaître. Et maintenant, que faire ? Revenir en arrière ou continuer ? Naturellement, il continua.

Au salon, quand il entra, il y avait sept personnes en train d'écouter Minutolo, toutes debout autour d'une grande table qui, depuis le coin où elle s'atrouvait, avait été déplacée vers le centre. Sur la table, une carte topographique géante de Vigàta et ses environs, du genre militaire, avec signalés même les lampadaires et les sentiers où n'allaient pisser que les chiens et les chèvres.

Depuis son quartier général, le commandant en chef, le *dottore* Minutolo, distribuait les ordres pour de nombreuses et, espérait-on, fructueuses recherches. Fazio était à son poste, désormais, il ne faisait plus qu'un avec le fauteuil devant la tablette du téléphone et des appareils adjacents. Minutolo parut surpris de voir Montalbano. Fazio esquissa un mouvement pour se relever.

— Qu'est-ce qu'il y a ? Qu'est-ce qu'il fut ? demanda Minutolo.

— Rin, rin, dit Montalbano également surpris de se retrouver à cet endroit.

Quelques-uns des présents le saluèrent, il leur répondit d'un geste vague.

— Je suis en train de donner des instructions pour… commença Minutolo.

— J'ai compris, dit Montalbano.

— Tu veux dire quelque chose ? l'invita aimablement son collègue.

— Oui. De ne pas tirer. Pour aucune raison.

— Puis-je vous demander pourquoi ?

La question avait été posée par un petit gars, un jeune et fringant vice-commissaire, mèche sur le front, élégant, vif, body-buildé, avec un petit air de manager arriviste. Ces temps-ci, on en voyait beaucoup, une race de cons qui proliférait rapidement. À Montalbano, il fut énormément antipathique.

— Parce qu'une fois, un type comme vous a tiré et tué un misérable qui avait enlevé une jeune fille. On fit des recherches pour la retrouver, mais en vain. Celui qui pouvait dire où elle était n'était désormais plus en mesure de parler. On l'a retrouvée un mois plus tard, pieds et mains liés, morte de faim et de soif. Satisfait ?

Un lourd silence tomba. Putain, mais qu'est-ce qu'il

était venu foutre dans cette villa ? Vieux, il commençait à tourner à vide comme une vis usée ?

Il ressentit le besoin de boire un peu d'eau. Il devait bien y avoir une cuisine querque part. Il la trouva au fond d'un couloir et à l'intérieur, il y avait une infirmière, quinquagénaire, grassouillette, avec sur le visage une expression ouverte, de femme *amiciunara*, qui se lie facilement.

— Vosseigneurie est le commissaire Montalbano ? Vous voulez quelque chose ? demanda-t-elle avec un sourire de sympathie.

La femme lui versa un verre d'une bouteille d'eau minérale sortie du réfrigérateur. Et tandis que Montalbano buvait, elle remplit une bouillotte d'eau bouillante et voulut sortir.

— Un instant, dit le commissaire. M. Mistretta ?

— Il dort. C'est la volonté du docteur. Et il a raison. Je lui donnai des tranquillisants et des somnifères comme il m'a dit de faire.

— Et Mme Mistretta ?

— Qu'est-ce que vous voulez dire ?

— Elle va mieux ? Plus mal ? Il y a du neuf ?

— La seule nouveauté qui peut arriver à cette *povira sbinturata*, cette pauvre malheureuse, c'est la mort.

— Elle n'a plus sa tête ?

— À certains moments si, à d'autres non. Mais même quand elle paraît comprendre, d'après moi, elle comprend pas.

— Je pourrais la voir ?

— Venez avec moi.

À Montalbano vint un doute. Mais il savait très bien que c'était un faux doute, dicté par l'envie de retarder une rencontre très difficile pour lui.

— Et si elle me demande qui je suis ?

— Vous voulez galéjer ? Ce serait un miracle.

Au milieu du couloir, un escalier large et confortable

conduisait à l'étage supérieur. Là aussi, un couloir, mais avec six portes.

— Ça, c'est la chambre à coucher de M. Mistretta, ça, c'est la salle de bains et ça, c'est la chambre de madame. C'est mieux pour la soigner, qu'elle soit seule. En face, c'est la chambre de sa fille, peuchère, une autre salle de bains et une chambre pour les invités, expliqua l'infirmière.

— Je peux jeter un coup d'œil dans la chambre de Susanna ? demanda-t-il.

— Bien sûr.

Il tourna la poignée, passa la tête à l'intérieur, ouvrit la lumière. Un petit lit, une *armuàr*, deux chaises, une petite table avec des livres et des étagères. Tout cela en ordre parfait. Et tout cela presque anonyme, comme une chambre d'hôtel provisoirement occupée. Rien de personnel, pas un poster, une photographie. La cellule d'une sœur laïque. Il éteignit, referma. L'infirmière ouvrit l'autre porte avec délicatesse. Au même instant, le front et les mains du commissaire se trempèrent de sueur. Toujours le prenait cette peur insurmontable quand il s'atrouvait devant une pirsonne à l'article de la mort. Il ne savait que faire, il dut lancer des ordres très sévères à ses jambes pour les empêcher de s'enfuir toutes seules, en l'entraînant avec elles. Un corps mort ne l'impressionnait pas, c'était l'imminence de la mort qui le bouleversait à des profondeurs abyssales.

Il réussit à se contrôler, franchit le seuil et entama sa descente personnelle aux enfers. Aussitôt l'assaillit la même insupportable puanteur que celle qu'il avait sentie dans la chambre de l'homme sans jambes, le mari de la vendeuse d'œufs, sauf que là, la puanteur était plus forte, on se la sentait coller à la peau, et elle avait une couleur marron jaunâtre striée d'éclairs rouge feu. Une couleur en mouvement. Ça ne lui était jamais arrivé auparavant, les couleurs avaient toujours correspondu aux odeurs comme si elles étaient déjà peintes dans un tableau, immobiles. Mais là, les traînées rouges commençaient à dessiner une espèce de tourbillon. La sueur maintenant lui trempait la chemise. La couche normale avait été remplacée par un lit d'hôpital dont la blancheur, tranchant en deux la mémoire de Montalbano, tentait de le ramener en arrière, à l'époque de son hospitalisation. À côté du lit étaient disposés des bouteilles d'oxygène, un trépied pour les perfusions, un attirail compliqué sur une tablette. Un chariot (blanc lui aussi, Seigneur !) était littéralement couvert de flacons, tubes, pansements, verres millémétrés, contenants de différentes grandeurs. De là où il s'était immobilisé, deux pas à peine après le seuil, il lui sembla que le lit était vide. Sous la couverture bien tirée, on n'apercevait aucun gonflement de corps humain, manquaient même les deux pointes de collinettes que forment les pieds quand on est couché sur le dos. Et cette espèce de boule grise oubliée sur le coussin était trop pitchoune, trop petite pour être une tête, peut-être une vieille et grosse poire de clystère qui s'était décolorée. Il avança de deux autres pas et l'horreur le paralysa. C'était en fait une tête humaine, mais qui n'avait plus rien d'humain, cette chose sur le coussin, une tête sans cheveux, desséchée, un amas de rides profondes au point de paraître creusées à la perceuse. La bouche était ouverte, un pertuis noir, privé de la moindre blancheur de dents. Une fois, sur une revue, il avait vu une chose pareille, le résultat de la besogne que les chasseurs de têtes opéraient sur leurs proies. Tandis qu'il restait là à mater, incapable de bouger, comme s'il n'en croyait pas ses yeux, du pertuis qu'était la bouche sortit un son formé seulement par la gorge desséchée, totalement brûlée :

— Ganna…

— Elle appelle sa fille, dit l'infirmière.

Montalbano recula, les jambes raides, ses genoux refusaient de plier. Pour ne pas tomber, il s'appuya à un meuble.

Et l'inattendu arriva. Tac. Le claquement du ressort bloqué dedans sa tête résonna comme un coup de revorber. Et pourquoi ? Il n'était pas trois heures, vingt-sept minutes, quarante secondes, de ça, il était sûr. Et alors ? La panique l'assaillit avec la méchanceté d'un chien enragé. Le rouge désespéré de l'odeur devint un tourbillon qui pouvait l'aspirer. Son esprit se mit à trembler, ses jambes raides devinrent en coton, pour ne pas tomber il appuya ses bras au marbre de la commode. Par chance, l'infirmière ne s'était aperçue de rin, elle était occupée avec la moribonde. Ensuite, cette partie de sa coucourde pas encore prise par la peur aveugle réagit, lui permit de donner la bonne réponse. Ça avait été un signal, ce Quelque Chose qui l'avait marqué tandis que le projectile lui transperçait la chair voulait lui dire qu'il était ici aussi, dedans cette chambre. Tapi dans un coin, prêt à apparaître au bon moment et sous la forme la mieux adaptée, balle de revorber, tumeur, feu qui brûle les chairs, eau qui noie. Ce n'était que la manifestation d'une présence. Ça ne le concernait pas, ça ne le regardait pas. Et cela suffit pour lui donner un peu de force. Et ce fut alors qu'il vit sur le dessus de la commode une photographie dedans un cadre d'argent. Un homme, le géologue Mistretta qui tenait par la main une minote d'une dizaine d'années, Susanna, laquelle à son tour tenait la main d'une femme belle, saine, souriante et pleine de vie, la mère, Mme Giulia. Le commissaire continua un instant de mater ce visage heureux pour annuler l'image de l'autre visage sur l'oreiller, si on pouvait encore appeler ça un visage. Puis il tourna le dos et sortit, oubliant de dire au revoir à l'infirmière.

Il fonça comme un désespéré vers Marinella, arriva à la maison, s'arrêta, descendit mais n'entra pas, il se mit à courir vers le bord de mer, se déshabilla, laissa un instant l'eau froide de la nuit lui glacer la peau et puis commença d'avancer lentement dans l'eau. À chaque pas, le gel le coupait de cent lames mais il avait besoin de se nettoyer la peau, la chair, les os et encore plus en dedans, jusque dans le dedans de l'âme.

Puis il se mit à nager. Il fit une dizaine de brassées mais une main munie de poignards dut, tout d'un coup, émerger du noir des eaux pour le frapper à l'endroit même de la blessure. Du moins, c'est ce qui lui parut, tant la douleur fut soudaine et violente. Elle partit de la blessure et se diffusa dans tout le corps, insoutenable, paralysante. Son bras gauche se bloqua, il réussit à grand-peine à se tourner sur le dos et à faire la planche, immobile comme un mort.

Ou bien il mourait vraiment ? Non, désormais, obscurément, il le savait que son destin n'était pas de mourir dans l'eau.

Lentement, lentement, il put bouger.

Alors, il retourna sur la berge, ramassa ses vêtements, se renifla un bras et il lui sembla sentir encore l'horrible puanteur de la chambre de la mourante, le sel de l'eau de mer n'avait pas réussi à la faire disparaître, il devait absolument se laver un à un les pores de la peau ; il escalada, le souffle court, les quelques marches de la véranda, frappa à la porte-fenêtre.

— Qui est-ce ? demanda Livia de l'intérieur.

— Ouvre-moi, je gèle.

Livia ouvrit, le vit devant elle, nu, trempé, violet de froid. Elle se mit à pleurer.

— Allez, Livia…

— Tu es fou, Salvo ! Tu veux mourir ! Et tu veux me faire mourir ! Mais qu'est-ce que t'as fait ? Pourquoi ? Pourquoi ?

Désespérée, elle le suivit dans la salle de bains. Le commissaire se couvrit tout le corps de savon liquide et quand il fut adevenu tout jaune, il entra dans la douche, l'ouvrit, entreprit de se râper la peau avec un bout de pierre ponce. Livia ne pleurait plus, elle le matait, pétrifiée. L'eau coula longtemps, le réservoir sur le toit était presque vide. Dès qu'il fut sorti de la douche, Montalbano demanda, les yeux hallucinés :

— Tu me renifles ?

Et tandis qu'il posait cette question, il se flairait lui-même un bras. On eût dit un chien de chasse.

— Mais qu'est-ce qui te prend ? dit Livia, angoissée.

— Renifle-moi, je t'en prie.

Livia obéit, fit courir son nez sur le thorax de Salvo.

— Qu'est-ce que tu sens ?

— L'odeur de ta peau.

— T'es bien sûre ?

Enfin, le commissaire se convainquit, se rhabilla de sous-vêtements propres, passa une chemise et un jean.

Ils allèrent dans la salle à manger. Montalbano s'assit dans le fauteuil, Livia s'installa dans l'autre à côté. Pendant un instant, ils n'ouvrirent pas la vouche. Puis Livia demanda, d'une voix encore incertaine :

— C'est passé ?

— C'est passé.

Encore un peu de silence. Et toujours Livia :

— Tu as faim ?

— J'espère que d'ici peu, ça me vienne.

Un autre bout de silence. Et ensuite, Livia hasarda :

— Tu me racontes ?

— Ça va être difficile.

Et il le lui raconta. Il y mit du temps, parce que c'était vraiment difficile de trouver les mots justes pour raconter ce qu'il avait vu. Et ce qu'il avait éprouvé.

Et à la fin, Livia posa une question, une seule, mais c'était celle qui résumait la situation :

— Tu peux m'expliquer pourquoi tu es allé la voir ? En quoi était-ce une nécessité ?

Nécessité. Était-ce le mot juste ou le mot erroné ? Il

n'y avait aucune nécessité, c'était vrai, mais en même temps, il y en avait eu une, inexplicable.

« Demande-le à mes mains et à mes pieds », aurait-il dû répondre. Mieux valait ne pas s'engager là-dedans, il y avait trop de confusion dans sa tête. Il écarta les bras.

— Je saurais pas comment l'expliquer, Livia.

Et tandis qu'il disait ces mots, il comprit que ce n'était qu'une partie de la vérité.

Ils parlèrent encore, mais à Montalbano, le pétit ne venait pas, il avait toujours l'estomac serré.

— D'après toi, demanda Livia tandis qu'ils allaient se coucher, l'ingénieur, il va payer ?

C'était la question du jour, inévitable.

— Il va payer, il va payer.

« Il est déjà en train de payer », avait-il envie d'ajouter mais il ne dit rien.

Alors qu'il la serrait et lui donnait un baiser et qu'il venait à peine d'entrer en elle, Livia se sentit transmettre une requête désespérée de réconfort.

— Tu le sens pas que je suis là ? lui murmura-t-elle à l'oreille.

DOUZE

Il s'aréveilla qu'il faisait déjà plein jour. Peut-être que, cette nuit, le « tac » du ressort n'avait pas eu lieu ou s'il avait eu lieu, il n'avait pas fait un bruit assez fort pour lui laisser ouvrir l'œil. C'était l'heure de se lever, mais il préféra rester au lit. Il ne le dit pas à Livia, mais les os lui faisaient mal, conséquence évidente du bain de la soirée précédente. Et la cicatrice fraîche à l'épaule était devenue violette et lui faisait mal. Livia s'aperçut que quelque chose ne fonctionnait pas, mais préféra ne pas poser de question.

Entre une chose et l'autre, il arriva un peu en retard au bureau.

— *Dottori*, ah, *dottori* ! Les ingrandissements photoraphiques que vous fîtes faire à Cicco De Cicco sont sur votre table ! dit Catarella dès qu'il le vit entrer, en jetant autour de lui des coups d'œil de conspirateur.

De Cicco avait effectivement fait une excellente besogne. Dont il arésultait que la fente dans le ciment juste sous le rebord du bassin semblait certes une craquelure, mais ne l'était nullement. C'était un effet trompeur d'ombre et de lumière. Il s'agissait en réalité d'un bout de grosse ficelle attaché à un clou. La ficelle soutenait la partie supérieure d'un grand thermomètre, de ceux qui servent à mesurer la température du moût. La ficelle aussi bien que le thermomètre avaient noirci sous l'effet d'abord de l'usage et ensuite de la poussière accumulée dessus.

Montalbano n'eut pas de doute : la petite avait été balancée par ses ravisseurs dedans une cuve à moût inutilisée. Donc, à côté, en position surélevée, il devait y avoir aussi un pressoir. Pourquoi est-ce qu'ils ne s'étaient pas inquiétés d'enlever le thermomètre ? Peut-être qu'ils n'avaient pas fait attention, trop habitués qu'ils étaient à voir la cuve ainsi. Ce qu'on a toujours sous les yeux, on finit par ne plus le voir. En tout cas, cela réduisait de beaucoup le champ des recherches, il fallait chercher non plus une bicoque perdue dans la campagne, mais une véritable ferme, peut-être à moitié en ruine.

Il passa immédiatement un coup de fil à Minutolo, pour l'informer de sa découverte. Celui-ci la jugea d'une grande importance, il dit qu'il allait immédiatement donner de nouvelles instructions aux hommes envoyés battre les campagnes.

Puis il demanda :

— Qu'est-ce que tu dis de la nouveauté ?

— Quelle nouveauté ?

— Tu n'as pas vu Televigàta ce matin à huit heures ?

— Tu t'imagines que je me mets à mater la télé de bon matin ?

— Les ravisseurs ont téléphoné à Televigàta. Ceux de la télé ont tout enregistré et ils ont diffusé l'enregistrement. L'habituelle voix déguisée. Elle dit comme ça que « qui de droit » a jusqu'à demain soir. Autrement, personne ne reverra plus Susanna.

Montalbano sentit une secousse froide lui remonter le long du dos.

— Ils se sont inventé l'enlèvement multimédia. Ils n'ont rien dit d'autre ?

— Je t'ai rapporté exactement le coup de fil, pas un mot de plus ni de moins. Même, d'ici peu, ils m'envoient la bande, si tu veux venir l'écouter... Le juge est hors de lui, il voulait envoyer Ragonese en taule. Et tu veux que je te dise ? Je commence à m'inquiéter sérieusement.

— Moi aussi, dit Montalbano.

Les ravisseurs ne daignaient même plus téléphoner chez les Mistretta. Leur but, impliquer l'ingénieur Perruzzo sans jamais l'avoir nommé, avait été atteint. L'opinion publique était tout entière contre lui. À ce point, Montalbano était sûr que si les ravisseurs tuaient Susanna, les gens en voudraient non pas à eux, mais à l'oncle qui s'était arefusé de se mêler de l'affaire et de faire son devoir. Tuer ? Un moment. Les ravisseurs n'avaient pas utilisé ce verbe. Et pas non plus assassiner. Ni liquider. C'étaient des gens qui connaissaient bien le talien et savaient l'utiliser. Ils avaient dit que la petite, on ne la verrait plus. Et, pour s'adresser aux gens de la rue, un verbe comme tuer aurait certainement fait plus impression. Alors, pourquoi ils ne l'avaient pas utilisé ? Il s'agrippa à ce fait linguistique avec la force du désespoir. C'était comme se tenir à un brin d'herbe pour ne pas tomber dans un précipice. Peut-être que les ravisseurs entendaient laisser une marge de négociation et le faisaient en évitant un verbe définitif, sans possibilité de retour en arrière. Mais en tout cas, il fallait agir vite. Oui, mais que faire ?

Dans l'après-midi, Mimì Augello, qui en avait marre de rousiner entre les quatre murs de chez lui, se pointa au commissariat avec deux nouvelles.

La première était que, en fin de matinée, Mme Valeria, femme de l'ingénieur Antonio Perruzzo, alors qu'elle était en train d'ouvrir la portière de sa voiture dans un parking de Montelusa, avait été reconnue par trois bonnes femmes, lesquelles l'avaient entourée, bousculée, fait tomber à terre et couverte de crachats en lui criant d'avoir honte et de conseiller à son mari de payer la rançon sans perdre de temps. D'autres pirsonnes avaient, entre-temps, surgi et prêté main-forte aux trois bonnes femmes. C'était une patrouille de carabiniers qui avait sauvé la dame. À l'hôpital, on avait constaté que la femme de l'ingénieur présentait des contusions, ecchymoses et lacérations.

La deuxième nouvelle était que deux gros camions de la société de Perruzzo avaient été incendiés. Pour éviter toute équivoque et fausse interprétation, sur les lieux avait été trouvé, écrit sur un bout de mur : « Paye tout de suite cornard ! »

— S'ils tuent Susanna, conclut Mimì, c'est sûr que l'ingénieur va se faire lyncher.

— Tu penses que l'histoire peut tourner mal ? lui demanda Montalbano.

Mimì Augello répondit vite, sans réfléchir :

— Non.

— Mais imagine que l'ingénieur ne lâche pas un rond ? Ces types ont envoyé une espèce d'ultimatum.

— Les ultimatums sont faits exprès pour ne pas être respectés. Tu verras qu'ils vont trouver un accord.

— Beba, ça va ? demanda le commissaire, changeant de sujet.

— Plutôt bien. De toute façon, maintenant, c'est plus qu'une question de jours. À propos, Livia est venue nous voir et Beba lui a communiqué notre intention de te demander de faire le parrain de baptême de notre enfant.

Bouh, quel tracassin ! Tout le pays s'était mis en tête de lui faire faire le parrain ?

— Et tu me le dis comme ça ? réagit le commissaire.

— Pourquoi, je devais faire une demande sur papier timbré ? Tu l'imaginais pas que Beba et moi, on allait te le demander ?

— Oui, bien sûr, mais…

— D'autre part, Salvo, je te connais : si je te l'avais pas demandé, t'aurais été vexé et tu m'aurais fait les brègues.

Montalbano pinsa qu'il valait mieux détourner la discussion de la question de son caractère, qui se prêtait à toutes sortes d'interprétations contradictoires.

— Et Livia, qu'est-ce qu'elle vous a dit ?

— Elle a dit que tu serais très heureux, d'autant plus que tu pourrais équilibrer les comptes. Moi, cette dernière phrase, je l'ai pas comprise.

— Moi non plus, mentit Montalbano.

Et en fait, il l'avait très bien comprise : un fils de délinquant et un fils de policier, tous deux baptisés par lui. Jeu égal, selon le raisonnement de Livia qui, quand elle s'y mettait, savait être mauvaise autant et plus que lui.

Le soir tombait. Il allait sortir du commissariat et rentrer à Marinella quand Nicolò Zito l'appela.

— Je n'ai pas le temps de t'expliquer, je vais passer à l'écran, dit-il, pressé. Écoute mon journal.

Montalbano s'aprécipita au bar, il y avait une trentaine de pirsonnes, la télévision était réglée sur Retelibera. Un écriteau annonçait : « Dans quelques minutes, importante déclaration sur l'enlèvement Mistretta ». Il commanda une bière. L'inscription disparut et démarra le sigle du journal télévisé. Après quoi, on vit Nicolò assis derrière l'habituelle table de verre. Il avait sa tête des grandes occasions.

— Cet après-midi, nous avons été contactés par Me Francesco Luna, qui a plusieurs fois défendu les intérêts d'Antonio Perruzzo. Il nous a priés de lui laisser du temps d'antenne pour une déclaration. Pas une interview, attention. Il posait aussi la condition que sa déclaration ne devait pas être suivie de commentaires de notre part. Nous avons décidé d'accepter, malgré ces limitations, parce qu'en ce moment si crucial pour le sort de Susanna, les paroles de Me Luna peuvent être extrêmement clarificatrices et apporter une contribution notable à l'heureuse solution de cette délicate et dramatique affaire.

Coupure. Apparut un bureau avocassier, typique. Étagères de bois noir, remplies de livres jamais lus, recueils de lois qui remontaient au XIXe siècle mais sûrement encore en vigueur parce que dans notre pays, des lois d'il y a cent ans, on ne jette jamais rin, comme avec le cochon. Me Luna était exactement ce qu'annonçait son nom : une lune. Face de lune pleine, corps de lune obèse. Manifestement influencé, l'éclairagiste avait tout baigné dans une lumière de pleine lune. L'avocat débordait d'un fauteuil. Entre ses mains, il tenait un bout de papier sur lequel, de temps à autre, il laissait tomber son regard.

— Je parle au nom et pour le compte de mon client, l'ingénieur Antonio Perruzzo. Lequel se voit contraint de sortir de la réserve que le devoir lui imposait pour contenir le déluge boueux de mensonges et de malignité déchaîné contre lui. L'ingénieur tient à faire connaître à tout un chacun que dès le lendemain de l'enlèvement, il s'est mis à la totale disposition des ravisseurs, connaissant bien les conditions économiques réelles, difficiles, de la famille Mistretta. Malheureusement la disponibilité rapide de l'ingénieur n'a pas rencontré, inexplicablement, une disponibilité égale de la part des ravisseurs. L'ingénieur Perruzzo, en tout état de cause, ne peut que réitérer l'engagement déjà pris, non seulement avec les ravisseurs, mais surtout envers sa propre conscience.

Les auditeurs du bar au grand complet explosèrent dans un rire gigantesque qui empêcha d'entendre l'information successive.

— Si l'ingignieur prend un engagement envers sa conscience, la petite est foutue ! dit un type, résumant la pensée de tous.

Désormais, la situation en était là : si l'ingénieur se

décidait à payer la rançon à la télévision, sous les yeux de tous, tous penseraient qu'il payait avec des faux billets.

Il retourna au bureau, téléphona à Minutolo.

— Le juge vient d'appeler, il a entendu lui aussi la déclaration de l'avocat. Il veut que j'aille tout de suite chez Luna pour avoir des éclaircissements, des explications, une visite pour ainsi dire informelle. Et respectueuse. En somme, il faut qu'on mette les gants. J'ai téléphoné à Luna et lui, qui me connaît, s'est dit disponible. À toi, il te connaît ?

— Bah, de vue.

— Tu veux venir, toi aussi ?

— Bien sûr. Donne-moi l'adresse.

Minutolo l'attendait sous le porche, il était venu avec sa voiture, comme Montalbano. Sage précaution parce que beaucoup des clients de Me Luna, en voyant devant sa maison une auto avec l'inscription « police », risquaient d'avoir une attaque. Demeure lourdement et luxueusement meublée. Une bonne habillée en bonne les introduisit dans le bureau déjà vu à la télévision. Elle leur fit signe de s'asseoir.

— Me Luna arrive tout de suite.

Minutolo et Montalbano prirent place dans les fauteuils d'une espèce de coin-salon. En réalité, ils se perdirent dans leurs gigantesques fauteuils respectifs, faits aux mesures des éléphants et de l'avocat. Le mur derrière le bureau était entièrement recouvert de photographies de divers formats mais toutes soigneusement encadrées. Strict minimum, une cinquantaine ; on aurait dit des ex-voto accrochés en souvenir et en remerciements de saints miracles. La disposition des lumières dans la pièce ne permettait pas de comprendre qui étaient les pirsonnes portraiturées. Peut-être des clients sauvés de leur patrie à barreaux pour ce mélange d'éloquence, de fourberie, de corruption et de « savoir se débrouiller » qu'était Me Luna. Mais comme le maître de maison tardait, le commissaire ne put résister. Il se leva et alla mater les photos de près. Elles étaient toutes d'hommes politiques, sénateurs, députés, ministres et sous-secrétaires d'État, ex ou en charge. Toutes signées, avec des dédicaces qui allaient du « cher » au « très cher ». Montalbano revint s'asseoir, maintenant il comprenait pourquoi on avait recommandé la prudence.

— Très chers amis ! s'exclama l'avocat en entrant. Restez assis ! Restez assis ! Je peux vous offrir quelque chose ? J'ai tout ce que vous voulez.

— Non, merci, dit Minutolo.

— Oui, merci, un daiquiri, dit Montalbano.

L'avocat le regarda, ahuri.

— En fait, je ne…

— Peu importe, concéda le commissaire avec le geste de chasser une mouche.

Tandis que l'avocat se laissait tomber sur le divan, Minutolo lança un sale regard à Montalbano, comme pour lui dire de pas commencer à faire le malin.

— Alors, je parle, moi, ou vous posez les questions ?

— Parlez, je vous en prie, dit Minutolo.

— Je peux prendre des notes ? demanda Montalbano en portant la main à une poche où il n'avait absolument rien.

— Mais non ! Pour quoi faire ? demanda Luna.

Du regard, Minutolo supplia Montalbano d'arrêter de faire chier.

— Bon, bon, d'accord, dit le commissaire, conciliant.

— À quel point étions-nous ? demanda l'avocat qui s'était perdu.

— Nous n'avons pas encore commencé, dit Montalbano.

Luna dut comprendre qu'on se foutait de sa poire,

mais il fit mine de rien. Montalbano compris que l'autre avait compris et décida d'arrêter les frais.

— Ah, oui. Donc. Mon client, vers dix heures du matin du lendemain de l'enlèvement de sa nièce, a reçu un coup de téléphone anonyme.

— Quand ?! demandèrent en chœur Minutolo et Montalbano.

— Vers dix heures du matin du lendemain de l'enlèvement.

— C'est-à-dire à peine quatorze heures après ? dit, encore ahuri, Minutolo.

— Exactement, poursuivit l'avocat. Une voix masculine l'avertissait que, les ravisseurs étant au courant du fait que les Mistretta n'étaient pas en condition de payer la rançon, en tout état de cause il était considéré comme la seule personne en mesure de satisfaire leurs demandes. Ils rappeleraient à trois heures de l'après-midi. Mon client…

Chaque fois qu'il disait « mon client », il faisait la tête d'une infirmière qui, au pied du lit d'un moribond, lui essuie la sueur.

— … s'est précipité ici auprès de moi. Très rapidement, nous sommes parvenus à la conclusion que mon client a été habilement piégé. Et que les ravisseurs avaient toutes les cartes en main pour l'impliquer. Se soustraire à sa responsabilité aurait entraîné un grave *vulnus* à son image, du reste déjà précédemment endommagée par quelques épisodes déplaisants. Et cela pourrait compromettre irrémédiablement ses ambitions politiques. Comme je crois qu'il s'est passé, malheureusement. Il devait figurer sur une liste, dans une circonscription gagnée d'avance, aux prochaines élections.

— Inutile que je vous demande dans quel parti, dit Montalbano avec un coup d'œil à la photo du Premier ministre en tenue de jogging.

— De fait, votre question est inutile, rétorqua

sèchement l'avocat et il poursuivit : Je lui ai fait des suggestions. À trois heures, les ravisseurs ont rappelé. À une question précise, suggérée par moi, il a répondu que la preuve de ce que la jeune fille était toujours en vie serait fournie publiquement à travers Televigàta. Ce qui, par ailleurs, est ponctuellement advenu. Ils ont demandé six milliards. Ils ont voulu que mon client achète un portable neuf et qu'il se rende immédiatement à Palerme, sans communiquer avec personne, sinon avec les banques. Une heure après, ils ont rappelé pour avoir le numéro du portable. Mon client n'a pu faire autrement qu'obéir et, en un temps record, il a retiré les six milliards demandés. Le lendemain soir, il a été rappelé, il s'est dit prêt à payer. Mais il n'a encore reçu, je répète ce que j'ai dit à la télé, inexplicablement, aucune consigne.

— Pourquoi n'avez-vous pas été autorisé avant par l'ingénieur à délivrer la déclaration qu'il a faite ce soir ?

— Parce que les ravisseurs lui ont enjoint d'agir ainsi. Il ne devait donner ni interview ni rien d'autre, il devait disparaître lui aussi pendant quelques jours.

— Et maintenant l'interdiction a été levée ?

— Non. C'est une initiative de mon client qui risque gros… Mais il n'en peut plus… Surtout depuis la vile agression de sa femme et l'incendie du camion.

— Vous savez où se trouve maintenant l'ingénieur ?

— Non.

— Vous connaissez le numéro de son portable, le nouveau ?

— Non.

— Comment faites-vous pour rester en contact ?

— Il me téléphone, lui. De cabines publiques.

— En conclusion, vous êtes en train de nous dire qu'une éventuelle mesure de blocage de ses biens n'aurait pas d'effet pratique du fait que l'ingénieur a déjà sur lui la somme demandée ?

— Exactement.

— Vous pensez que l'ingénieur vous téléphonera dès qu'il saura où et quand remettre la rançon ?

— Dans quel but ?

— Vous le savez que si cela arrivait, vous auriez le devoir de nous avertir immédiatement ?

— Bien sûr que oui. Et je suis prêt à le faire. Sauf que mon client ne me téléphonera pas, sinon peut-être une fois la chose faite.

C'était Minutolo qui avait posé toutes les questions. Cette fois, Montalbano s'adécida à rouvrir la bouche.

— Quelles coupures ?

— Je ne comprends pas, dit l'avocat.

— Vous savez quel type de billets ils ont voulu ?

— Ah oui. De cinq cents euros.

C'était étrange. Des grosses coupures. Plus faciles à transporter, mais beaucoup plus difficiles à dépenser.

— Vous savez si votre client…

L'avocat prit aussitôt une tête d'infirmière.

— … a réussi à noter les numéros des billets ?

— Je ne sais pas.

L'avocat regarda sa Rolex d'or, fit une grimace.

— Et voilà, c'est tout, dit-il en se levant.

Ils s'attardèrent quelques instants en bas de chez l'avocat pour bavarder.

— Pôvre ingénieur ! commenta le commissaire. Il a essayé tout de suite de sauver ses fesses, il comptait sur un enlèvement-éclair de manière que les gens ne sachent rin et en fait…

— Ça, c'est un truc qui m'inquiète, dit Minutolo, et il s'expliqua : D'après ce que nous a dit l'avocat, si les ravisseurs ont pris contact immédiatement avec Perruzzo…

— Près de douze heures avant qu'ils passent le premier coup de fil, précisa Montalbano. Ils nous ont traités comme des marionnettes de l'*opera dei pupi*. Ils se sont servis de nous comme de figurants de comédie. Passque, eux, avec nous, ils ont fait du thiâtre. Depuis le premier instant, ils ont su quelle était la personne à laquelle il fallait faire payer la rançon. À nous deux, ils ont fait perdre du temps, à Fazio, le sommeil. Ils ont bien joué. Si on fait le bilan, les coups de fil passés chez les Mistretta étaient avant tout la mise en scène d'un vieux scénario. Ce que nous voulions voir, ce que nous nous attendions à entendre.

— D'après ce que nous a dit l'avocat, reprit Minutolo, à moins de vingt-quatre heures de l'enlèvement, les ravisseurs avaient la situation en main. Il suffisait d'un coup de fil à l'ingénieur et il remettait la rançon. Sauf qu'ils ne se sont plus manifestés depuis. Pourquoi ? Ils se trouvent en difficulté ? Peut-être que nos hommes qui battent la campagne gênent leur liberté de mouvement ? Est-ce qu'il ne vaudrait pas mieux y aller mollo ?

— Mais de quoi t'as peur, en fait ?

— Que ces gens, se voyant en danger, fassent une connerie.

— Tu oublies un truc fondamental.

— À savoir ?

— Que les ravisseurs ont continué à se manifester à travers la télé.

— Mais pourquoi, alors, ne se mettent-ils pas en contact avec l'ingénieur ?

— Parce qu'ils veulent d'abord le faire cuire à petit feu dans son jus, dit le commissaire.

— Mais plus le temps passe et plus les ravisseurs courent de risques !

— Ils le savent très bien. Et je pense qu'ils savent aussi qu'ils ont tiré au maximum sur la corde. Je suis persuadé que, à présent, c'est une question d'heures, avant que Susanna retourne chez elle.

Minutolo lui lança un regard ahuri.

— Comment ça ?! Ce matin, tu ne semblais pas du tout…

— Ce matin, l'avocat n'avait pas encore parlé à la télévision et n'avait pas utilisé un adverbe qu'il a répété en parlant avec nous. Il a été malin, il a dit indirectement aux ravisseurs d'en finir avec leur petit jeu.

— Pardon, dit Minutolo, complètement perdu, quel adverbe a-t-il utilisé ?

— « Inexplicablement ».

— Et qu'est-ce que ça veut dire ?

— Ça veut dire que lui, l'avocat, l'affaire, il se l'expliquait très bien.

— J'y comprends que dalle, merde.

— Laisse tomber. Qu'est-ce que tu fais, maintenant ?

— Je vais faire mon rapport au juge.

TREIZE

Livia n'était pas à la maison. La table était dressée pour deux pirsonnes et à côté de son assiette, il y avait un billet : « Je suis allée au cinéma avec mon amie. Attends-moi pour dîner. » Il alla prendre une douche, s'assit devant la télévision. Sur Retelibera, il y avait un débat à propos de l'enlèvement de Susanna, animé par Nicolò. Y participaient un cardinal, trois avocats, un juge à la retraite et un journaliste. Au bout d'une demi-heure, le débat se transforma ouvertement en une espèce de procès contre l'ingénieur Perruzzo. Plus qu'un procès, un authentique lynchage. Tout compte fait, personne ne croyait à ce qu'avait raconté Me Luna. Aucun des présents n'apparut convaincu par l'histoire que Perruzzo avait l'argent prêt mais que les ravisseurs ne se manifestaient plus. Logiquement, leur intérêt était de ramasser l'argent le plus tôt possible, de libérer la petite et de disparaître. Plus ils perdaient de temps et plus ils couraient de risques. Et donc ? On en venait spontanément à penser que le responsable du retard de la libération de Susanna était précisément l'ingénieur qui, comme l'insinua le *monsignore*, faisait peut-être traîner les choses pour obtenir quelque misérable petite réduction sur la rançon. Est-ce qu'il aurait une petite réduction, après avoir agi comme il agissait, le jour où il comparaîtrait devant le jugement de Dieu ? En conclusion, il apparut clairement qu'à Perruzzo, une fois la petite libérée, il ne resterait plus rien d'autre à faire que changer d'air.

C'était bien plus que ses ambitions politiques qui foutaient le camp ! Vigàta et alentours n'étaient plus faits pour lui.

Le « tac » de trois heures, vingt-sept minutes et quarante secondes, cette fois, l'aréveilla. Il s'aperçut qu'il avait la tête claire, en parfait état de marche et en profita pour se repasser toute l'affaire de l'enlèvement, depuis le premier coup de fil de Catarella. Il cessa de réfléchir vers les cinq heures et demie, sous le coup d'un accès de sommeil soudain. Il allait sombrer quand le téléphone sonna et par chance, Livia ne l'entendit pas. La montre marquait cinq heures quarante-sept. C'était Fazio, très ému.

— Susanna a été libérée.

— Ah oui ? Comment elle va ?

— Bien.

— À plus tard, conclut Montalbano.

Et il retourna se coucher.

À Livia, il le dit dès qu'il la vit bouger dans le lit, donnant les premiers signes de l'éveil. Elle se mit debout d'un bond comme si elle avait trouvé une araignée dans le lit.

— Quand tu l'as appris ?

— Fazio m'a appelé. Il était presque six heures.

— Pourquoi tu me l'as pas dit tout de suite ?

— Je devais te réveiller ?

— Oui. Tu sais bien avec quelle angoisse j'ai suivi cette histoire. Tu l'as fait exprès de me laisser dormir !

— Bon, bon, si c'est ce que tu penses, je reconnais mes torts et on n'en parle plus. Maintenant, calme-toi.

Mais Livia avait envie de chercher noise. Elle le toisa, indignée.

— Et puis je ne comprends pas comment tu fais pour rester au lit, pourquoi tu fonces pas voir Minutolo pour savoir, pour t'informer…

— Sur quoi ? Si je veux des informations, j'allume la télé.

— Certaines fois, ton indifférence me rend dingue !

Et elle alla allumer la télévision. Montalbano, lui, se glissa dans la salle de bains, prit ses aises. Manifestement pour l'énerver, Livia gardait le son élevé : à la cuisine, tandis qu'il se préparait le café, lui parvenaient des voix émues, des hurlements de sirènes, des coups de frein. Il eut du mal à entendre le téléphone. Il passa dans la salle à manger : chaque objet vibrait sous l'effet du bruit infernal émis par le téléviseur.

— Livia, s'il te plaît, tu peux baisser ?

En marmonnant, Livia s'exécuta. Le commissaire souleva le combiné.

— Montalbano ? Qu'est-ce que tu fais, tu ne viens pas ?

C'était Minutolo.

— Qu'est-ce que je viendrais faire ?

Minutolo en resta abasourdi.

— Bah… je sais pas… je crois que ça te faisait plaisir…

— Et puis, j'ai l'impression que vous êtes assiégés.

— Ça, c'est vrai. Devant le portail, il y a des dizaines de journalistes, de photographes, de cameramen… J'ai dû appeler des renforts. D'ici peu arrivent le juge et le Questeur. Un boxon.

— Elle va comment, Susanna ?

— Un peu éprouvée, mais bien, dans l'ensemble. Son oncle l'a examinée et l'a trouvée en bon état physique.

— Comment a-t-elle été traitée ?

— Elle dit qu'ils n'ont jamais eu un geste violent.

— Ils étaient combien ?

— Elle dit qu'elle a toujours vu deux personnes encagoulées. Des paysans, clairement.

— Comment est-ce qu'ils l'ont relâchée ?

— Elle a raconté que cette nuit, on l'a réveillée, on lui a mis une cagoule, on l'a contrainte à entrer dans le coffre à bagages d'une voiture. Ils ont roulé, d'après elle, pendant plus de deux heures. Puis la voiture s'est arrêtée, ils l'ont fait descendre, l'ont fait marcher pendant une demi-heure puis ont desserré les nœuds de la corde aux poignets, l'ont fait asseoir et sont partis.

— Pendant tout ce temps-là, ils lui ont jamais adressé la parole ?

— Jamais. Susanna a mis un petit moment à se libérer les mains et à retirer sa cagoule. Il faisait nuit noire. Elle n'avait pas la moindre idée d'où elle se trouvait, mais elle n'a pas perdu courage. Elle a réussi à s'orienter et à se diriger vers Vigàta. Tout à coup, elle a compris qu'elle se trouvait aux environs de La Cucca, tu sais, ce village…

— Je sais, continue.

— C'est à un peu plus de trois kilomètres de sa villa. Elle se les est faits, elle est arrivée au portail, a sonné et Fazio est allé lui ouvrir.

— Tout est conforme au scénario, donc.

— Qu'est-ce que tu veux dire ?

— Qu'ils continuent à nous montrer la pièce que nous sommes habitués à voir. Un spectacle bidon, le vrai, ils l'ont joué pour un seul spectateur, l'ingénieur Perruzzo, et ils l'ont appelé à participer. Et puis, il y a eu un troisième spectacle destiné à l'opinion publique. Tu sais comment il a joué son rôle, Perruzzo ?

— Montalbà, sincèrement, je comprends rien à ce que tu racontes.

— Vous avez réussi à vous mettre en contact avec l'ingénieur ?

— Pas encore.

— Et maintenant, qu'est-ce qu'il se passe ?

— Il se passe que le juge va entendre Susanna et cet après-midi, il y aura une conférence de presse. Tu ne viens pas ?

— Même pas avec un revolver sur la nuque.

Il venait à peine de franchir le seuil de son bureau au commissariat que le téléphone sonna.

— *Dottori ?* Il y a au tiliphone un type qu'y dit qu'il est la lune. Et moi, comme je croyais qu'y galéjais, j'y ai dit comme ça que j'étais le soleil. Il se mit en colère. Un fou, je crois.

— Passe-le-moi.

Que voulait donc le dévoué infirmier de son client ?

— *Dottor* Montalbano ? Bonjour. Je suis Me Luna.

— Bonjour, maître. Je vous écoute.

— Avant tout, mes compliments pour le standardiste.

— Vous savez, maître…

— « Le chien aboie et la caravane passe », comme dit le sage. Laissons tomber. Je vous appelle seulement pour vous rappeler votre inutile et vexant sarcasme de l'autre soir, aussi bien à mon égard qu'à celui de mon client. Vous savez, j'ai le malheur, ou le bonheur, de posséder une mémoire d'éléphant.

« Mais vous en êtes un, d'éléphant », aurait voulu répondre le commissaire mais il réussit à s'en empêcher.

— Expliquez-vous mieux, je vous prie.

— Hier soir, quand vous êtes venu chez moi avec votre collègue, vous étiez convaincu que mon client n'aurait pas payé et en fait, comme vous avez vu…

— Maître, erreur, il y a. Moi, j'étais convaincu que votre client, bon gré, mal gré, aurait payé. Vous avez réussi à vous mettre en contact avec lui ?

— Il m'a appelé cette nuit, après avoir fait son devoir, ce que les gens attendaient de lui.

— On peut lui parler ?

— Pour l'instant, il se sent pas, il a dû subir une expérience terrible.

— Une expérience terrible du genre six milliards en coupures de cinq cents euros ?

— Oui, placés dans une valise ou un sac, je ne sais pas.

— Vous savez où ils lui ont dit de laisser l'argent ?

— Écoutez, ils lui ont téléphoné hier soir vers neuf heures, ils lui ont soigneusement décrit la route qu'il devait suivre pour atteindre un petit viaduc, le seul qui se trouve le long de la route pour Brancato. Très peu fréquentée. Sous le viaduc, il trouverait une espèce de petit puits, un regard recouvert par une dalle facile à soulever. Il ne devait rien faire d'autre que mettre à l'intérieur la valise ou le sac, refermer et s'en aller. Un peu avant minuit, mon client est arrivé sur les lieux, il a exécuté à la lettre ce qui lui avait été ordonné et s'est dépêché de partir.

— Je vous remercie, maître.

— Excusez-moi, commissaire. C'est moi qui dois vous demander un service.

— Lequel ?

— De collaborer, honnêtement, en disant ce que vous savez, pas un mot de plus ou de moins, à la restauration de l'image de mon client si gravement atteinte.

— Je peux vous demander qui sont les autres restaurateurs ?

— Moi, le *dottor* Minutolo, tous les amis, du parti ou pas, ceux en somme qui ont eu l'occasion de connaître...

— Si l'occasion devait se présenter, je n'y manquerais pas.

— Je vous en suis reconnaissant.

Le téléphone sonna de nouveau.

— *Dottori*, il y a monsieur le *dottori* Lactes avec le s à la fin.

Le *dottor* Lactes, chef de cabinet du Questeur, dit « lacté et miélé », homme bigot et doucereux, abonné à l'*Osservatore romano.*

— Très cher ami ! Comment allez-vous ? Comment allez-vous ?

— Je peux pas me plaindre.

— Louée soit la Madone ! Et la famille ?

Bouh ! Qué tracassin ! Lactes s'est fourré dans le crâne que Montalbano avait une famille, il n'y avait pas moyen de lui ôter cette conviction. D'apprendre que le commissaire était célibataire lui donnerait peut-être une secousse létale.

— Bien, louée soit la Madone.

— Voilà, au nom de M. le Questeur, je vous invite à la conférence de presse qui se tiendra à la Questure aujourd'hui à dix-sept heures trente à propos de l'issue heureuse de l'enlèvement Mistretta. Mais M. le Questeur désire préciser que vous devrez vous limiter à être présent, on ne vous donnera pas la parole.

— Louée soit la Madone, murmura Montalbano.

— Qu'est-ce que vous avez dit ? Je n'ai pas compris.

— J'ai dit que j'ai un doute. Comme vous le savez, je suis en convalescence et je n'ai été rappelé en service que pour…

— Je sais, je sais. Et donc ?

— Donc, est-ce que je pourrais être exempté de la conférence de presse ? Je suis un peu fatigué.

Lactes ne réussit pas à dissimuler le contentement que lui procurait cette requête. Montalbano, dans ces discours officiels, était toujours considéré comme un danger.

— Mais bien sûr ! Mais bien sûr ! Prenez soin de vous, très cher ! Mais considérez-vous encore en service jusqu'à nouvel ordre.

Le *Manuel du Parfait Enquêteur*, c'était sûr que querqu'un avait pensé à l'écrire. Il devait exister comme existait le *Manuel des Jeunes Marmottes*. Et c'étaient certainement les Méricains qui les avaient écrits, eux qui sont capables d'imprimer des manuels sur comment enfiler le bouton dans la boutonnière. Ce manuel de l'enquêteur, Montalbano ne l'avait pas lu. Mais dans un chapitre, l'auteur devait recommander que la reconnaissance du décor d'agissements délictueux soit faite au plus vite. Avant que les éléments naturels, pluie, vent, soleil, hommes, arnimaux, altèrent les lieux jusqu'à rendre indéchiffrables les signes, quelquefois eux-mêmes en soi guère déchiffrables.

À travers ce que lui avait dit Me Luna, Montalbano, seul parmi les enquêteurs, avait eu connaissance du lieu où l'ingénieur avait laissé l'argent de la rançon. Son devoir, raisonna-t-il, était de communiquer immédiatement cette information à Minutolo. Dans les environs du viaduc de la route pour Brancato, les ravisseurs étaient sûrement restés longtemps cachés, d'abord pour contrôler que la police ne s'était pas postée dans les alentours, ensuite pour attendre l'arrivée de la voiture de Perruzzo et ensuite encore à laisser passer du temps avant de sortir à découvert pour aller récupérer la valise. Et ils avaient certainement laissé des traces de leur présence sur les lieux. Il fallait donc aller tout de suite inspecter l'endroit, avant que le décor ne soit altéré (voir le susdit *Manuel*). Un instant, se dit-il tandis que sa main se saisissait du téléphone. Et si Minutolo ne peut pas y aller tout de suite ? Est-ce qu'il ne valait pas mieux monter en voiture et y aller donner un premier coup d'œil en pirsonne ? Simple reconnaissance superficielle : si, en fait, il découvrait querque chose d'important, alors il avertirait Minutolo pour que soit menée une recherche plus approfondie.

Et comme ça, il tenta de calmer sa conscience qui, depuis un moment, maugréait.

Laquelle conscience, toutefois, non seulement ne se laissa pas calmer, mais lui exprima clairement sa pensée :

« Inutile de te chercher des excuses, Montalbà : tu veux tout simplement baiser Minutolo, maintenant qu'y a plus de danger pour la petite. »

— Catarella !

— À vos ordres, *dottori* !

— Tu la connais la route la plus courte pour Brancato ?

— Quelle Brancato, *dottori* ? Brancato haute ou Brancato basse ?

— C'est si grand ?

— Oh que non, *dottori*. Cinque cente zabitants jusqu'à hier. Le fait est que comme Brancato haute est en train de tomber en bas de la montagne…

— Qu'est-ce que ça veut dire ? Un glissement de terrain ?

— Oh que oui, étant donné qu'y a cette chose que vosseigneurie, elle dit, ils ont fabriqué un village nouveau en dessous de la montagne. Mais cinquante vieux ont pas voulu quitter les maisons et comme ça que je vous dis que maintenant, les zabitants sont tous esparpillés, quatre cent quarante-neuf en bas et cinquante sur le dessus.

— Un moment, il en manque un, d'habitant.

— Et moi, je vous ai pas dit jusques à hier ? À hier, il en est mort un, *dottori*. Mon coussin Michele qui zabite à Brancato basse me l'acommuniqua.

Évidemment, comme si Catarella pouvait ne pas avoir de parent même dans ce pays perdu !

— Écoute, Catarè, en venant de Palerme, qu'est-ce qu'on rencontre en premier, Brancato haute ou Brancato basse ?

— La basse, *dottori*.

— Et comment on y arrive ?

L'explication fut longue et laborieuse.

— Écoute, Catarè, si le *dottor* Minutolo téléphone, dis-lui de m'appeler sur le portable.

Il prit la voie rapide pour Palerme, qui était pas mal encombrée. C'était une très normale route à deux voies légèrement plus large que la normale mais que, va savoir pourquoi, tout le monde considérait comme une espèce d'autoroute. Et, en conséquence, comme sur une autoroute, tout le monde se comportait. Poids lourds qui se dépassaient, voitures qui fonçaient à cent cinquante à l'heure (étant donné qu'un ministre, celui censé être compétent, avait déclaré qu'on pouvait aller à cette allure sur les autoroutes), tracteurs, Vespa, fourgonnettes déglinguées au milieu d'une marée de motocyclettes. La route était, tant à droite qu'à gauche, constellée de petites plaques ornées de bouquets de fleurs, non pas pour la *billizza*, la beauté de la chose, mais pour signaler l'endroit où des dizaines de malheureux, en voiture ou à motocyclette, avaient perdu la vie. Un mémorial sans fin, duquel cependant tout le monde se contrefoutait totalement.

Il tourna au troisième embranchement à droite. La route était goudronnée, mais il n'y avait pas de panneaux. Il fallait se fier aux indications de Catarella. À présent, le paysage avait changé, il y avait des montées et des descentes de collinettes, quelques vignes. De village, en revanche, pas l'ombre. Il n'avait pas encore croisé une voiture. Il acommença de s'inquiéter, surtout on voyait pas âme qui vive à qui demander un renseignement. D'un coup, lui passa l'envie de poursuivre. Juste comme il allait faire machine arrière et s'en retourner à Vigàta, il vit dans le lointain une carriole qui avançait dans sa direction. Il adécida de demander au charretier. Arrivé à la hauteur du cheval, il s'arrêta, ouvrit la portière et descendit.

— Bonjour, dit-il au charretier.

Lequel n'avait pas l'air d'avoir remarqué l'arrivée du commissaire et fixait droit devant lui, rênes en mains.

— Pareillement, rétorqua l'homme sur la carriole, un sexagénaire rôti au soleil, sec, vêtu de velours, avec sur la tête un absurde Borsalino qui devait remonter aux années cinquante.

Mais il ne parut pas vouloir s'arrêter.

— Je voulais vous demander un renseignement, dit Montalbano, en se maintenant à sa hauteur.

— À *mia*, à moi ? demanda l'homme, surpris et consterné.

Et à qui d'autre ? Au cheval ?

— Oui.

— Ehhhh, fit le charretier en tirant sur les rênes.

La bête s'arrêta.

L'homme ne rouvrit pas la vouche. En matant toujours droit devant lui, il attendit qu'on lui pose la question.

— Écoutez, vous pourriez m'indiquer la route pour Brancato basse ?

À contrecœur, comme si la chose lui coûtait d'énormes fatigues, le charretier dit :

— Toujours tout droit. Troisième route à gauche. Au revoir. Ahhhh !

Ce « ahhhh » était adressé au cheval qui se remit en marche.

Une demi-heure plus tard, Montalbano vit apparaître au loin querque chose à mi-chemin entre le viaduc et le pont. Du pont, il n'avait pas le parapet, mais il y avait de grandes grilles métalliques de protection ; du viaduc, il n'avait pas la forme, parce qu'il était fait en arc comme un pont. Sur le fond se détachait une colline sur laquelle, en équilibre impossible, étaient plantés les dés blancs de quelques bicoques à moitié effondrées dans la vallée. Il s'agissait sûrement des habitations de Brancato haute, alors que de Brancato basse, on ne voyait pas encore les toits. En tout cas, ça devait se trouver par là. Montalbano s'arrêta à une vingaine de mètres de distance du viaduc, descendit, commença à regarder tout autour de lui. La route était désespérément vide, depuis qu'il avait pris l'embranchement, il n'avait rencontré que le charretier. Plus tard, il s'était aussi aperçu qu'il y avait un croquant qui bêchait. Et c'est tout. Dès que le soleil se coucherait et que l'obscurité viendrait, dans cette rue, on ne devait voir rin de rin. Il n'y avait aucune sorte d'éclairage, il n'y avait pas de maisons d'où pouvait arriver un peu de lumière. Et alors, où s'étaient postés les ravisseurs pour vérifier l'arrivée de l'auto de l'ingénieur ? Et surtout : comment pouvaient-ils faire pour savoir avec certitude que c'était la voiture de Perruzzo et non pas une autre qui, par pur miracle, se trouvait à passer par là ?

Près du viaduc, dont on n'arrivait pas à comprendre la nécessité, le pourquoi et le comment de l'idée venue en tête à querqu'un de le construire, il n'y avait ni buisson ni muret permettant de se cacher. Même dans l'obscurité de la nuit, cet endroit n'offrait pas de possibilité de n'être pas vu dans les phares d'une auto. Et alors ?

Un chien aboya. Poussé par le besoin de voir un être vivant, Montalbano le chercha du regard. Et le vit. Il était au début du viaduc, à main droite, et on n'en apercevait que la tête. Se pouvait-il qu'on ne l'ait construit que pour permettre le passage des chiens et des chats ? Et pourquoi pas, pour ce qui est des travaux publics, l'impossible devenait possible dans notre beau pays. Et tout à coup, le commissaire comprit que les ravisseurs s'étaient cachés justement là où était le chien.

Il s'enfonça dans la campagne, croisa une draille, arriva à l'endroit d'où partait le viaduc qui était construit en dos d'âne, donc avec une forte courbe. Quelqu'un qui se mettait juste au début de l'ouvrage ne pouvait être vu de la route. Il examina attentivement le sol tandis que le chien s'éloignait en grognant mais ne trouva rin, pas même un mégot de cigarette. Et comment tu veux trouver un mégot aujourd'hui que tout le monde a la trouille de fumer à cause de ces annonces qui apparaissent sur les paquets, genre « fumer te fera mourir du cancer » ? Même les délinquants perdent le vice de fumer et donc au pôvre policier, les indices essentiels viennent à manquer. Et s'il écrivait une réclamation au ministre de la Santé ?

Il inspecta aussi la partie opposée du viaduc. Rin. Il revint au point de départ et s'étendit sur le ventre. Il mata en bas en appuyant la tête sur le grillage. Presque perpendiculairement à lui, il vit une dalle de pierre qui fermait un regard. Les ravisseurs, en voyant arriver la voiture de l'ingénieur, étaient certainement montés sur le viaduc et avaient fait comme lui, ils s'étaient couchés à terre. De là, ils avaient observé, à la lumière des phares, Perruzzo qui soulevait la plaque, glissait la valise dans le regard et s'en repartait. Ça s'était certainement passé comme ça. Mais le but qu'il poursuivait en venant jusqu'ici, il ne l'avait pas atteint : les ravisseurs n'avaient laissé aucune trace.

Il descendit du viaduc, passa en dessous. Considéra la dalle qui fermait le regard. Celui-ci lui parut trop petit pour y faire entrer une valise. Il fit un rapide calcul : six milliards équivalaient plus ou moins à trois millions cent mille euros. Si chaque liasse était faite de cent billets de cinq cents euros, cela signifiait que soixante-deux liasses suffisaient. Non, nul besoin d'une grosse valise, au contraire. La dalle était facile à soulever parce qu'elle était munie d'un anneau de fer. Il y glissa un doigt, tira. La dalle se souleva. Montalbano mata à l'intérieur et écarquilla les yeux. Il y avait un sac qui ne semblait pas vide. L'argent de Perruzzo était encore là ? Se pouvait-il que les ravisseurs ne l'aient pas retiré ? Et pourquoi alors avoir libéré la petite ?

Il s'agenouilla, plongea le bras, agrippa le sac qui pesait, le souleva, le posa à terre. Il poussa un profond soupir et l'ouvrit. Il était rempli de liasses. Pas de billets, mais de rectangles découpés dans de vieilles revues en papier glacé.

QUATORZE

La surprise lui provoqua une espèce d'étourdissement qui le fit tomber cul par terre. La vouche ouverte de stupeur, il acommença à se poser des questions. Qu'est-ce que ça voulait dire, cette découverte ? Que l'ingénieur, à la place des euros, à l'intérieur du sac, avait mis du papier déchiré ? Du peu qu'il savait du personnage, Perruzzo était-il homme capable à jouer un jeu extrêmement risqué, susceptible de mettre en danger la vie de sa nièce ? Il réfléchit un instant là-dessus, pour arriver à la conclusion que l'ingénieur en était bel et bien capable, et de faire pire encore. Alors, la manière d'agir des ravisseurs devenait inexplicable. Parce qu'il y avait deux possibilités, il n'y avait pas à tortiller : ou bien les ravisseurs avaient ouvert le sac sur place, s'étaient aperçus de l'arnaque et malgré tout avaient décidé de libérer la petite ou bien les ravisseurs étaient tombés dans le piège, c'est-à-dire qu'ils avaient vu l'ingénieur placer le sac dans le regard, n'avaient pas eu la possibilité de contrôler tout de suite le contenu et, confiants, avaient donné l'ordre de mettre Susanna en liberté.

Ou alors, Perruzzo, d'une manière ou d'une autre, savait-il que les ravisseurs ne seraient pas en mesure d'ouvrir immédiatement le sac et de mater ce qu'il y avait dedans et avait joué sur le temps ? Du calme, raisonnement complètement erroné. Personne ne pouvait empêcher les ravisseurs d'aller ouvrir le regard quand ça les arrangeait le mieux. Leurs instructions ne comportaient pas la libération immédiate de la petite et donc sur quel « temps » pouvait jouer l'ingénieur ? Sur aucun. Qu'on la mate d'un côté ou d'un autre, la magouille de l'ingénieur était insensée.

Tandis qu'il se trouvait ainsi, ahuri, avec des questions qui lui mitraillaient la coucourde, il entendit un étrange son de cloches dont il ne comprit pas d'où il venait. Il se convainquit qu'un troupeau de moutons était en train d'arriver. Mais le bruit ne s'approchait pas, même s'il restait très proche. Alors, il se rendit compte que les sonnailles étaient dans le portable qu'il n'utilisait jamais et qu'il n'avait mis en poche que pour cette occasion.

— *Dottore*, c'est vous ? Ici, Fazio.

— Qu'est-ce qu'il y a ?

— *Dottore*, le *dottor* Minutolo veut que je vous communique un fait qui s'est passé il y a trois quarts d'heure. Je vous ai cherché au commissariat, chez vous, et puis finalement Catarella s'est rappelé que…

— Oui, bon, dis-moi.

— Voilà, le *dottor* Minutolo a téléphoné à Me Luna pour avoir des nouvelles de l'ingénieur Perruzzo. Et l'avocat lui a dit que l'ingénieur a payé la rançon cette nuit et il lui a aussi expliqué où il a laissé l'argent. Et alors, le *dottor* Minutolo s'est précipité vers l'endroit qui est sur la route pour Brancato, pour un examen des lieux. Malheureusement, derrière lui, il y a aussi les journalistes.

— Mais, en somme, qu'est-ce qu'il veut, Minutolo ?

— Il dit que ça lui ferait plaisir que vous le rejoigniez. Alors…

Mais le commissaire avait déjà coupé. Minutolo, ses hommes, une horde de journalistes, de photographes et de cameramen pouvaient arriver d'un moment à l'autre. Et s'ils le voyaient, comment pourrait-il expliquer sa présence ?

« Ah, tiens, quelle bonne surprise ! J'étais là, en train de labourer quand… »

Il glissa en hâte le sac dans le regard, remit la dalle de pierre en place, regagna la voiture en courant, démarra, commença la manœuvre pour repartir mais s'arrêta. S'il refaisait la route en sens inverse, il allait certainement rencontrer la joyeuse caravane d'autos avec Minutolo en tête. Non, le mieux était de poursuivre vers Brancato basse.

Il y arriva en moins de dix minutes. Un tout petit bled, avec une place toute pitchoune, l'église, la mairie, un café, une banque, une trattoria, une boutique de chaussures. Tout autour de la place, il y avait des bancs de granit. Sur ceux-ci, une dizaine d'hommes au total, des anciens, des vieux et des décrépits. Ils ne parlaient ni ne bougeaient. Pendant une fraction de seconde, Montalbano pinsa qu'il s'agissait de statues, misérables exemples d'art hyperréaliste. Mais l'un d'eux, appartenant à la catégorie des décrépits, tout à coup pencha la tête en arrière en l'appuyant contre le dossier du banc. Ou il était mort, comme cela semblait probable, ou il avait été pris d'un accès de sommeil subit.

L'air de la campagne lui avait réveillé le pétit. Il fixa la montre, on n'était pas loin d'une heure. Il se dirigea vers la trattoria mais s'immobilisa. Et si un querconque journaliste se mettait en tête de venir passer ses coups de fil à Brancato basse ? Sûrement, à Brancato haute, il était pas question de trouver de restau mais il ne se sentait pas de rester comme ça, l'estomac vide, la seule chose à faire était de courir le risque et d'entrer dans la trattoria qu'il avait devant lui.

Du coin de l'œil, il vit un type qui sortait de la banque

et s'arrêtait pour le mater. Puis l'homme, un quadragénaire gras, s'approcha de lui avec un grand sourire :

— Mais vous n'êtes pas le commissaire Montalbano ?

— Oui, mais…

— Quel plaisir ! Je suis Michele Zarco.

Il avait déclamé ses nom et prénom sur le ton de quelqu'un d'universellement connu à l'urbi et à l'orbo. Et comme le commissaire continuait de le mater sans dire ni oui ni merde, il précisa :

— Je suis le cousin de Catarella.

Michele Zarco, géomètre et premier adjoint de Brancato, fut son salut. Pour commencer, il se l'emmena à la maison pour manger à la bonne franquette, c'est-à-dire ce qu'il y avait, rin de spécial, comme il dit. Mme Angila Zarco, blonde jusqu'au décoloré, avare de paroles, servit à table des *cavatuna*[1] à la sauce tomate, qui n'avaient rien de négligeable, suivies d'un lapin à l'aigre-doux de la veille. Or, priparer le lapin à l'aigre-doux est une affaire difficile passque tout se base sur l'exacte proportion entre vinaigre et miel et dans le juste amalgame entre les morceaux de lapin et la *caponata*[2] dans laquelle il devait cuire. Mme Zarco avait su y faire, et pour faire bon poids, elle avait saupoudré le tout d'une grenaille d'amandes émondées, *mennuli* grillées. En plus, il est connu que le lapin à l'aigre-doux, quand on le mange à peine cuit, c'est une chose, mais quand on le mange le lendemain, réchauffé, c'est une tout autre chose, passqu'il gagne beaucoup en saveurs et en odeurs. En somme, Montalbano se régala.

1. *Rigatoni. (N.d.T.)*

2. Sorte de ratatouille aigre-douce sicilienne, où les ingrédients obligatoires sont l'aubergine, les câpres, le céleri, les olives. Cf. *À la table de Yasmina*, par M. Loria et S. Quadruppani, Agnès Viénot éditeur. *(N.d.T.)*

Ensuite, l'adjoint au maire Zarco proposa au commissaire une visite de Brancato haute, histoire de digérer. Naturellement, ils prirent la voiture de Zarco. Après avoir fait une route tout en courbes et virages qu'on aurait dit la radiographie d'un intestin, ils s'arrêtèrent au centre d'un groupe de maisons qui auraient fait le bonheur d'un décorateur de cinéma expressionniste. Pas une maison d'équerre, toutes pendaient à droite ou à gauche sous des angles tels que la tour de Pise aurait semblé parfaitement perpendiculaire. Trois ou quatre maisons étaient carrément accrochées au flanc de la colline et en sortaient à l'horizontale, peut-être y avait-il pour les tenir des ventouses cachées dans les fondations. Deux vieux marchaient en barjaquant entre eux mais à voix haute passqu'ils avaient le corps incliné l'un à droite, l'autre à gauche, peut-être conditionnés par les pentes différentes des maisons où ils habitaient.

— On retourne prendre un café ? Ma femme le fait bien, proposa le géomètre Zarco quand il vit que Montalbano commençait lui aussi à marcher tout tordu, influencé par l'environnement.

Quand Mme Angila ouvrit la porte, à Montalbano elle apparut comme un dessin fait par un minot : presque albinos, avec des tresses, elle avait les pommettes rougies et semblait agitée.

— Qu'est-ce que tu as ? demanda le mari.

— Juste là, maintenant, la tilivision a dit que la petite a été libérée mais que la rançon a pas été payée.

— Comment ça ?! demanda le géomètre en fixant Montalbano.

Lequel haussa les épaules et écarta les bras comme pour dire que lui, de cette histoire, il savait rin de rin.

— Oh que oui, monsieur, poursuivit la femme. Ils disent que la police a retrouvé le sac de l'ingénieur, elle l'a trouvé ici tout près, et que dedans il y avait du papier journal. Le journaliste s'est demandé alors comme ça se fait que la minote a été libérée et pourquoi. Mais c'est clair que cette bordille d'oncle, lui, il a risqué de la faire tuer !

C'était plus Antonio Perruzzo. Plus l'ingénieur. Mais « cette bordille », la merde innommable, le purin des égouts. Si vraiment l'ingénieur avait voulu jouer avec le hasard, il avait perdu la partie. Même si la petite était libre, lui, désormais, il était prisonnier pour toujours du mépris absolu, total, des gens.

Il adécida de ne pas rentrer au bureau, mais de s'en aller à Marinella pour se regarder en paix la conférence de presse à la télévision. Aux alentours du viaduc, il conduisit en faisant attention pour le cas où il y aurait eu un retardataire. Mais les signes du passage d'une horde de policiers, journalistes, photographes et cameramen étaient partout, boîtes vides de Coca, bouteilles de bière cassées, paquets de cigarettes froissés. Un dépôt d'ordures. Ils avaient même cassé la dalle de pierre sur le regard.

Tandis qu'il ouvrait la porte de chez lui, il se pétrifia. De toute la matinée, il n'avait pas téléphoné à Livia, ça lui était sorti de l'esprit de l'avertir qu'il n'arriverait pas à rentrer à temps pour déjeuner. Et maintenant, l'engueulade était inévitable et il n'avait pas de justifications. Mais la maison était vide, Livia était sortie. En entrant dans la chambre à coucher, il aperçut la valise qu'elle avait à moitié remplie. Et d'un coup, il s'arappela que le lendemain matin, elle devait repartir pour Bocadasse, les jours de congé qu'elle s'était fait attribuer en avance pour lui tenir compagnie à l'hôpital et au début de sa convalescence, ces jours-là étaient finis. Il en éprouva un soudain serrement de cœur, un accès d'émotion le prit – comme toujours, en traître. Heureusement qu'elle n'était pas là, comme ça il pouvait se laisser aller sans honte. Et il se laissa aller. Puis il alla se laver le visage et s'assit sur la chaise devant le téléphone. Il regarda dans l'annuaire, l'avocat avait deux numéros, celui du domicile et celui du cabinet. Il composa ce dernier.

— Cabinet de Me Luna, dit une voix féminine.

— Le commissaire Montalbano, je suis. L'avocat est là ?

— Oui, mais il est en réunion. J'essaie de voir s'il me répond.

Bruits variés, petite musique enregistrée.

— Très cher ami, dit Me Luna. À l'instant précis, je ne peux pas vous parler. Vous êtes au bureau ?

— Non, chez moi. Vous voulez le numéro ?

— Oui.

Montalbano le lui donna.

— Je vous rappelle dans une dizaine de minutes, dit l'avocat.

Le commissaire nota que Luna, durant la brève conversation, ne l'avait jamais appelé ni par son nom, ni par son titre. Va savoir avec quel client il se trouvait en réunion, à tous les coups il aurait été troublé d'entendre le mot « commissaire ».

Il se passa plus ou moins une demi-heure avant que le téléphone sonne à nouveau.

— *Dottor* Montalbano ? Pardon pour le retard, mais d'abord j'avais de la visite et puis j'ai pensé qu'il valait mieux que je vous appelle d'un téléphone sûr.

— Qu'est-ce que vous me dites là, maître ? Les téléphones de votre cabinet sont sur écoute ?

— Je n'en ai pas la certitude mais par les temps qui courent… Que vouliez-vous me dire ?

— Rien que vous ne sachiez déjà.

— Vous faites allusion à la découverte du sac avec les journaux ?

— Exactement. Vous comprenez que cette découverte rend beaucoup plus difficile cette œuvre de restauration de l'image de l'ingénieur pour laquelle vous m'avez sollicité.

Silence, comme si la ligne avait été coupée.

— Allô ? dit Montalbano.

— Je suis encore là. Commissaire, répondez-moi sincèrement : vous pensez que si j'avais su que dans ce regard, il y avait un sac avec du papier déchiré, j'en aurais parlé à vous et au *dottor* Minutolo ?

— Non.

— Et donc ? Dès qu'on a appris la nouvelle de la découverte, mon client m'a téléphoné, bouleversé. Il pleurait. Il s'était rendu compte que cette découverte signifiait lui couler les pieds dans le ciment et le jeter à l'eau. Le faire mourir noyé, sans possibilité de remonter à la surface. Commissaire, le sac n'est pas à lui, l'argent, il l'avait mis dans une valise.

— Il peut le démontrer ?

— Non.

— Et comment explique-t-il qu'à la place de la valise, on ait trouvé le sac ?

— Il ne se l'explique pas.

— Et dans cette valise, il avait mis de l'argent ?

— Certainement. Disons environ soixante-deux liasses de billets de cinq cents euros correspondant à trois millions quatre-ving-dix mille euros soixante-quatorze centimes, arrondis à un euro, équivalents à six milliards de vieilles lires.

— Et vous y croyez ?

— Commissaire, moi, je dois croire mon client. Mais le problème n'est pas si j'y crois, moi. Le problème, c'est que les gens n'y croient pas.

— Mais il pourrait y avoir un moyen de démontrer que votre client dit la vérité.

— Ah oui ? Lequel ?

— C'est simple. L'ingénieur a dû rassembler en peu de temps, comme vous m'avez dit vous-même, l'argent nécessaire pour la rançon. Donc, il existe des documents bancaires, avec toutes les précisions, qui attestent le retrait de cette somme. Il suffira de les rendre publics et votre client démontrera ainsi à tout le monde son absolue bonne foi.

Lourd silence.

— Maître, vous m'avez entendu ?

— Bien sûr. C'est la même solution que j'ai promptement suggérée à mon client.

— Et alors, comme vous voyez…

— Il y a un problème.

— Lequel ?

— Que l'ingénieur ne s'est pas adressé aux banques.

— Ah non ? Et à qui ?

— Mon client s'est engagé à ne pas livrer les noms de ceux qui, généreusement, ont consenti à le soutenir dans un moment délicat. En bref, il n'y a pas de documents écrits.

De quel puant, dégueulasse égout était sortie la main qui avait donné l'argent à Perruzzo ?

— Il me semble alors que la situation est désespérée.

— À moi aussi, commissaire. Au point que je me demande si mes services sont encore utiles à l'ingénieur.

Donc, même les gaspards se préparaient à abandonner le navire en train de couler.

La conférence de presse commença à cinq heures et demie pile. Derrière une grande table, il y avait Minutolo, le juge, le Questeur et Lactes. La salle de la Questure était bondée de journalistes, photographes et cameramen. Nicolò Zito et Pippo Ragonese se tenaient à bonne distance l'un de l'autre. Le premier à parler fut Bonetti-Alderighi, le Questeur, qui jugea opportun de commencer par le commencement, c'est-à-dire par la manière dont s'était déroulé l'enlèvement. Il précisa que cette première partie du récit se basait sur les déclarations faites par la petite. Le soir de l'enlèvement, Susanna Mistretta rentrait chez elle à motocyclette en suivant sa route habituelle quand, au croisement de la draille San Gerlando, à quelques mètres de chez elle, une auto s'était mise à sa hauteur et l'avait contrainte, pour éviter un accident, à entrer sur la draille. Là, Susanna avait à peine eu le temps de s'arrêter, encore agitée et troublée par l'événement, que de l'auto descendaient deux hommes au visage couvert d'un passe-montagne. L'un d'eux la soulevait et la balançait dans l'auto.

Susanna était trop étourdie pour réagir. L'homme lui retira le casque, lui pressa contre le nez et la bouche un tampon de coton, la bâillonna, lui lia les mains dans le dos, la fit s'étendre à ses pieds.

Confusément, la jeune fille entendit l'autre homme remonter en voiture, se mettre au volant et repartir. Elle perdit conscience. Évidemment, l'autre homme, mais cela n'était qu'une hypothèse des enquêteurs, s'était occupé d'enlever la motocyclette de la route.

Susanna s'était réveillée dans l'obscurité totale. Elle était toujours bâillonnée, mais les poignets détachés. Elle comprit qu'il se trouvait dans un lieu isolé. En bougeant dans le noir, elle s'était rendu compte qu'elle avait été placée à l'intérieur d'une espèce de bassin de ciment, de plus de trois mètres de profondeur et que sur le sol il y avait un vieux matelas. Elle passa la nuit ainsi, désespérée non pas tant pour sa situation personnelle qu'à la pensée de sa mère mourante. Puis, elle dut sommeiller. Elle se réveilla parce que quelqu'un avait allumé une lumière. Une lampe du type utilisé par les mécaniciens pour éclairer de près les moteurs. Deux hommes cagoulés l'observaient. L'un d'eux sortit un magnétophone de poche, l'autre descendit en se servant d'une échelle. L'homme au magnétophone dit quelque chose, l'autre retira le bâillon à Susanna, la jeune femme appela à l'aide, le bâillon lui fut remis. Peu après, ils revinrent. L'un d'eux abaissa l'échelle, lui retira le bâillon, remonta. L'autre prit une photo Polaroïd. Ils ne lui remirent pas le bâillon. Pour lui apporter à manger, toujours des boîtes, ils utilisaient l'échelle qu'ils abaissaient à chaque fois. Dans un coin du bassin, il y avait un seau hygiénique. Depuis ce moment, la lumière resta toujours allumée.

Susanna, durant toute la période de l'enlèvement, ne subit aucun mauvais traitement, mais elle ne put le moins du monde s'occuper de son hygiène personnelle. Et elle n'a jamais entendu les ravisseurs parler entre eux. Lesquels, du reste, n'ont jamais répondu à ses questions ni ne lui ont jamais adressé la parole. Ils ne lui ont même pas dit, quand ils l'ont fait remonter du bassin, qu'on allait la libérer sous peu. Susanna a su indiquer aux enquêteurs l'endroit où elle a été relâchée. Et de fait, les enquêteurs ont retrouvé là la corde et le mouchoir avec lequel elle avait été bâillonnée. En conclusion, le Questeur dit que la jeune fille allait assez bien, eu égard à la terrible expérience qu'elle avait vécue.

Puis Lactes montra un journaliste qui se dressa et demanda pourquoi il n'était pas possible d'interviewer la petite.

— Parce que l'enquête est en cours, arépondit le juge.

— Mais en somme, cette rançon a été payée, oui ou non ?

— Secret de l'instruction.

À ce point, Pippo Ragonese se leva. Sa vouche en cul de poule était toute serrée, au point que les mots sortaient tronqués.

— À fe propos, ze dois non pas peser une guestion mais fire une déclaration...

— Articule, articule, lança le chœur grec des journalistes.

— Je dois faire une déclaration et non pas poser une question. Peu avant que je vienne ici, notre rédaction a reçu un appel qu'on m'a passé. J'ai reconnu la voix du ravisseur qui avait déjà précédemment téléphoné. Il a textuellement déclaré que la rançon n'a pas été payée, que la personne qui devait payer les avait trompés et qu'ils avaient quand même décidé de libérer la jeune fille parce qu'ils ne se sentaient pas d'avoir un cadavre sur la conscience.

Explosa un tohu-bohu de cris. Des gens debout qui gesticulaient, des gens qui couraient hors de la salle, le juge qui lançait des imprécations contre Ragonese. Le boxon était tel qu'on ne comprenait pas un mot. Montalbano éteignit le téléviseur, alla s'asseoir sur la véranda.

Livia arriva une heure plus tard et l'atrouva qui matait la mer. Elle ne semblait nullement en colère.

— Où étais-tu ?

— Je suis allée dire au revoir à Beba et puis j'ai fait un saut à Kolymbetra. Promets-moi qu'un jour ou l'autre, tu iras. Et toi ? Tu m'as même pas téléphoné pour me dire que tu ne venais pas déjeuner.

— Excuse-moi, Livia, mais…

— Ne t'excuse pas, je n'ai aucune envie de me disputer avec toi. Ce sont les dernières heures que nous passons ensemble. Et je n'ai pas l'intention de les gaspiller.

Elle arpenta un moment la maison puis fit une chose qu'elle ne faisait presque jamais. Elle alla s'asseoir sur ses genoux et l'étreignit bien serré. Ils restèrent un certain temps comme ça, en silence. Et puis :

— On rentre ? lui murmura-t-elle à l'oreille.

Avant d'entrer dans la chambre, Montalbano, pour une raison ou une autre, débrancha le téléphone.

Nichés dans les bras l'un de l'autre, ils laissèrent passer l'heure du dîner. Et aussi celle de l'après-dîner.

— Je suis contente que l'enlèvement de Susanna se soit résolu avant mon départ, dit Livia à un certain moment.

— Eh oui, fit le commissaire.

Pendant quelques heures, l'enlèvement lui était sorti de l'esprit. Et il fut instinctivement reconnaissant à Livia de le lui avoir rappelé en cet instant. Mais pourquoi ? Qu'est-ce que la gratitude venait faire là ? Il ne sut pas se l'expliquer.

Ils mangèrent en échangeant de rares paroles, le départ leur pesait à tous deux.

Livia se leva et s'en fut finir de préparer sa valise. À un certain moment, il l'entendit demander à haute voix :

— Salvo, tu l'as pris, le livre que je lisais ?

— Non.

C'était un roman de Simenon, *M. Hire*.

Livia vint s'asseoir à côté de lui dans la véranda.

— Je n'arrive pas à le retrouver. Je voudrais l'emmener et le finir.

Le commissaire crut avoir une idée de l'endroit où il pouvait se trouver. Il se leva.

— Où vas-tu ?

— Je reviens de suite.

Le livre était là où il l'avait pinsé : dans la chambre à coucher, tombé de la table de nuit et encastré entre les murs et le pied du lit. Il se pencha, le prit, le posa sur la valise déjà fermée. Il revint sur la véranda.

— Je l'ai trouvé, dit-il.

Et il commença de s'asseoir à nouveau.

— Où ? demanda Livia.

Et Montalbano s'aparalysa. Foudroyé. Un pied légèrement relevé, le corps légèrement penché en avant. Comme un blocage de cervicale. Il était tellement immobile que Livia s'effraya.

— Salvo, qu'est-ce que tu as ?

Il ne pouvait absolument pas bouger, ses jambes étaient devenues de plomb, très lourdes, mais la coucourde au contraire tournait, à grande vitesse, avec tous ses engrenages en mouvement, heureux de pouvoir finalement foncer du bon côté.

— Salvo, mon Dieu, tu te sens mal ?

— Non.

Lentement, il sentit que son sang n'était plus gelé, qu'il courait de nouveau. Il aréussit à s'asseoir. Mais sur son visage, il devait avoir une expression d'abasourdissement infini et il ne voulut pas que Livia la voie.

Il posa la tête sur l'épaule de la femme et lui dit :

— Merci.

Et dans cet instant, il comprit pourquoi avant, alors qu'ils étaient couchés, il avait éprouvé ce sentiment de gratitude qui, au premier abord, était apparu inexplicable.

QUINZE

Le claquement du ressort du temps à trois heures, vingt-sept minutes et quarante secondes ne put, cette nuit-là, aréveiller Montalbano par le fait qu'il veillait, il n'avait pas réussi à s'endormir, il aurait voulu virer et tourner dans son lit, en se laissant porter par des vagues de pensées qui arrivaient l'une après l'autre, comme la houle d'une mer agitée, mais il ne pouvait pas gigoter des bras et des jambes, il s'obligeait à ne pas bouger pour ne pas déranger Livia qui, elle, avait tout de suite appareillé pour le pays des rêves.

Le réveil sonna à six heures, la journée s'aprésentait pas mal, à sept heures et quart, ils étaient déjà sur la route pour l'aéroport de Punta Raisi. Livia conduisait. Durant le voyage, ils ne parlèrent qu'à peine. Montalbano avait déjà la tête à ce qu'il comptait faire immédiatement pour réussir à comprendre si ce qui lui était venu à l'esprit était une fantaisie absurde ou une vérité tout autant absurde, Livia elle aussi pensait peut-être à ce qui l'attendait à Gênes, à la besogne en retard, aux activités laissées en plan sous le coup de la nécessité imprévue de devoir séjourner longuement à Vigàta auprès de Salvo.

Avant que Livia entre dans la salle d'embarquement, ils s'embrassèrent au milieu de la foule comme deux minots amoureux. En la serrant dans ses bras, Montalbano éprouva deux sentiments contradictoires, deux sentiments dont le voisinage n'était pas naturel et pourtant, ils étaient là, ensemble. D'un côté, une profonde mélancolie devant le départ de Livia, assurément la maison de Marinella allait souligner en chaque occasion son absence et lui, maintenant qu'il était devenu un monsieur d'un certain âge, commençait à sentir peser la solitude ; l'autre sentiment, au contraire, était une sorte de hâte, d'urgence pour que Livia s'en aille vite, sans perdre de temps et que lui puisse s'en retourner en vitesse à Vigàta pour faire ce qu'il devait faire, complètement libre, sans plus d'obligation à se soumettre à des horaires et à répondre à des questions émanant d'elle.

Puis Livia se détacha, le fixa, se dirigea vers le poste de contrôle. Montalbano resta immobile où il se trouvait. Non pas pour la suivre du regard jusqu'au dernier instant mais par une espèce de stupeur subite qui bloqua le mouvement suivant, consistant à tourner le dos et se diriger vers la sortie. Parce qu'il lui avait semblé saisir, au fond de son regard à elle, mais vraiment tout au fond, une étincelle, une miette de lueur qui ne devait pas s'y trouver. Ça avait duré un instant, ça s'était éteint tout de suite, caché par le voile opaque de l'émotion. Mais cet éclair, faible certes, mais c'était toujours un éclair, le commissaire avait eu le temps de le percevoir et d'en rester ahuri. Tu veux voir que Livia aussi, tandis qu'ils s'étreignaient, éprouvait les mêmes sentiments opposés que lui ? Qu'elle aussi était chagrinée de la séparation et en même temps pressée de reprendre sa liberté ?

D'abord, il se mit en colère puis il eut envie de rire. Comment c'était, cette expression latine. *Nec tecum nec sine te*. Ni avec toi ni sans toi. Parfaite.

— Montalbano ? Minutolo à l'appareil.

— Salut. Vous avez réussi à tirer quelques informations utiles de la petite ?

— Montalbà, c'est le problème. Un peu parce qu'elle est secouée par l'enlèvement, et c'est logique, et un peu parce que depuis qu'elle est revenue, elle n'a plus dormi, elle n'a pas réussi à nous raconter grand-chose.

— Pourquoi est-ce qu'elle ne dort plus ?

— Parce que l'état de sa mère s'est aggravé et qu'elle ne veut pas se détacher un instant de son chevet. Donc ce matin, quand ils m'ont téléphoné que Mme Mistretta est morte cette nuit…

— … tu t'es précipité avec beaucoup de tact et de sens de l'opportunité, pour interroger Susanna.

— Montalbà, moi, ces trucs-là, je ne les fais pas. Je suis venu là parce qu'il m'a semblé que je devais le faire. À force de séjourner dans cette maison…

— … tu es devenu un membre de la famille. Bravo. Mais je n'ai pas encore compris pourquoi tu es en train de me téléphoner.

— Voilà, étant donné que l'enterrement aura lieu demain matin, moi, je voudrais commencer à interroger sérieusement Susanna à partir d'après-demain. Le juge est d'accord. Et toi ?

— Moi, en quoi ça me concerne ?

— Tu ne dois pas venir, toi aussi ?

— Je ne sais pas. C'est le Questeur qui décidera si je dois ou non. Quand même, rends-moi service : téléphone-lui, fais-toi donner des instructions et ensuite, appelle-moi.

— *Dutturi ?* Vosseigneurie, vous êtes ? Cirrinciò Adelina, je suis.

Adelina, la bonne ! Comment avait-elle pu savoir que Livia était partie ? Au flair ? Au sens du vent ? Mieux valait ne pas enquêter, autrement il allait découvrir qu'au pays on connaissait même le refrain qu'il chantonnait quand il était assis sur le siège du *retrè*, des toilettes.

— Qu'est-ce qu'il y a, Adelì ?

— *Dutturi*, je peux venir après déjeuner à nettoyer la maison et à vous préparer à manger ?

— Non, Adelì, pas aujourd'hui, viens demain matin.

Il avait besoin de rester un peu à réfléchir sans que personne lui tourne autour.

— *Dutturi*, vous avez adécidé querque chose pour l'histoire du baptême *di mè niputi*, de mon petit-fils ? continua la bonne.

Il n'eut pas un instant d'hésitation. Livia, en pinsant de faire la maligne, avait en fait fini par lui donner une excellente raison avec l'histoire d'équilibrer les comptes.

— J'ai décidé, d'accord.

— *Maria, chi cuntintizza !* Sainte Marie, que je suis contente !

— Vous avez décidé d'une date ?

— *Dutturi*, ça dépend de vosseigneurie.

— De moi ?

— Oh que oui, de quand vosseigneurie est libre.

« Non, ça dépendra de quand ton fils sera libre », aurait voulu répondre le commissaire, étant donné que Pasquali, le père, ne cessait de faire des allers et retours entre la prison et le dehors. Mais il se limita à dire :

— Mettez tout au point vous-mêmes et ensuite, faites-moi savoir. Moi, du temps, j'en ai maintenant tant que je veux.

Francesco Lipari, plus que de s'asseoir, s'écroula sur le siège devant le bureau du commissaire. Il avait le visage jeune et donc les calamars sous ses yeux étaient d'un noir dense, comme peints au cirage. Ses vêtements étaient froissés, peut-être avait-il dormi tout habillé. Montalbano s'étonna, il s'attendait à le trouver serein et soulagé par la libération de la petite et en fait…

— Tu vas mal ?
— Oui.
— Pourquoi ?
— Susanna ne veut pas me parler.
— Explique-moi ça.
— Qu'est-ce qu'il y a à expliquer ? Depuis que j'ai appris qu'ils l'ont relâchée, j'ai téléphoné une dizaine de fois. C'est son père ou l'oncle, ou quelqu'un d'autre qui m'a répondu, jamais elle. Et chaque fois, on m'a dit que Susanna était prise et ne pouvait venir au téléphone. Même ce matin, quand j'ai su que sa mère était morte…
— Comment tu l'as su ?
— C'est une radio locale qui l'a dit. J'ai tout de suite pensé : heureusement qu'elle a réussi à la voir encore vivante ! Et je lui ai téléphoné, je voulais être proche d'elle, mais j'ai eu la même réponse. Elle n'était pas disponible.
Il se prit le visage dans les mains.
— Mais qu'est-ce que je lui ai fait pour qu'elle me traite comme ça ?
— Toi, rien, dit Montalbano. Mais tu devrais t'efforcer de la comprendre. Le traumatisme de l'enlèvement est très fort et difficile à surmonter. Tous ceux qui ont subi la même expérience le disent. Il faut du temps.
Et le bon Samaritain Montalbano se tut, content de lui. Sur cette histoire, il était en train de se faire une opinion hardie et toute personnelle, donc il préféra ne pas l'exposer au garçon et rester dans les considérations générales.
— Mais avoir à côté d'elle une personne qui l'aime vraiment ne l'aiderait pas à surmonter ce traumatisme ?
— Tu veux que je te dise une chose ?
— Bien sûr.
— C'est un aveu que je te fais : moi aussi, comme Susanna, je crois que je voudrais rester seul à considérer mes blessures.

— Blessures ?

— Oui. Et pas seulement les blessures reçues mais aussi les blessures infligées aux autres.

Le jeune le dévisagea, complètement perdu.

— Je n'y comprends rien.

— Laisse tomber.

Le bon Samaritain n'avait pas l'intention de gaspiller la totalité de sa dose quotidienne de bonté.

— Tu voulais me dire autre chose ?

— Vous le savez que l'ingénieur Perruzzo a été exclu de la liste des candidats de son parti ?

— Non.

— Et vous le savez que la brigade financière est depuis hier après-midi dans les bureaux de l'ingénieur ? Le bruit court qu'ils ont déjà trouvé, du premier coup, un beau paquet de matériel, assez pour l'expédier en taule.

— Je l'ignorais. Et alors ?

— Et alors, moi, je me pose un peu des questions.

— Et tu veux que je te donne les réponses ?

— Si c'est possible.

— Je suis disposé à répondre à une seule question, à condition que je puisse. Choisis-la.

Le jeune posa immédiatement la question ; visiblement, c'était la première de la liste.

— Vous croyez que c'est l'ingénieur qui a mis les journaux à la place de l'argent dans le sac ?

— Toi, tu le crois pas ?

Francesco tenta un sourire mais n'y parvint pas, sa bouche se tordit en grimace.

— Ne répondez pas à une question par une autre question.

Il était malin, le petit, vif et capable. Un plaisir de parler avec lui.

— Pourquoi je ne devrais pas y croire ? dit Montalbano. D'après ce qu'on a su de lui, l'ingénieur est un homme de peu de scrupules et porté aux entreprises dangereuses. Peut-être qu'il a pesé le pour et le contre. Pour lui, il était essentiel de ne pas être entraîné dans l'affaire parce que, une fois qu'il serait dedans, il n'aurait fait de toute façon qu'y perdre. Et alors, pourquoi pas risquer encore et économiser six milliards ?

— Mais si les autres avaient tué Susanna ?

— Il aurait soutenu désespérément qu'il avait payé la rançon et que c'étaient les ravisseurs qui avaient manqué à leur parole. Parce que peut-être que Susanna en avait reconnu un et que donc son élimination était devenue nécessaire. Il se serait mis à pleurer, à se désespérer devant les caméras et il y aurait bien eu des gens, à la fin, pour y croire.

— Et parmi ces gens, il y aurait eu aussi vous, commissaire ?

— J'en appelle au cinquième amendement, dit Montalbano.

— Montalbano ? Minutolo à l'appareil. J'ai parlé avec le Questeur.

— Qu'est-ce qu'il a dit ?

— Qu'il ne veut pas profiter davantage de ton aimable disponibilité.

— Ce qui, traduit en langue vulgaire, signifie que plus tôt je vous lâche la grappe, et plus vous êtes content ?

— Exactement.

— Mon ami, que veux-tu que je te dise ? Je m'en retourne faire le convalescent et je te fais tous mes vœux…

— Mais si j'ai le besoin d'échanger quelques idées avec toi, je peux…

— Quand tu veux.

— Tu le sais que la brigade financière a trouvé des tonnes de trucs chez l'ingénieur Perruzzo ? L'opinion commune est que cette fois, il est baisé définitivement.

Il prit les agrandissements photographiques que lui avait fait Cicco De Cicco et les mit dedans une enveloppe qu'il aréussit à glisser, avec difficulté, dans une poche.

— Catarella !

— À vos ordres, *dottori*.

— Il est là, le *dottor* Augello ?

— Oh que non, *dottori*. Il est à Montelusa passque c'est comme ça que le veut M. le Questeur en tant que du fait que le *dottori* Augello est faisant fiction.

M. le Questeur l'avait désormais totalement marginalisé, exclu, et ne parlait plus qu'avec Mimì, le faisant fonction.

— Et Fazio ?

— Lui non plus est pas là, *dottori*. Il est s'étant rendu momentanément via Palazzolo juste en face de l'école alimentaire.

— Et pourquoi ?

— Il y eut un commerçant qui s'est refusé de payer le racket, et il tira sur celui qui lui demandait l'argent mais il le toucha pas.

— Ça vaut mieux.

— Ça vaut mieux comme ça, *dottori*. Mais en compensation, il chopa au bras un type qui s'atrouvait à transiter par là.

— Écoute, Catarè, moi, je rentre en convalescence à Marinella.

— Tout de suite à l'instant ?

— Oui.

— Je peux venir vous atrouver quand il me viendra l'envie de vous voir en pirsonne pirsonnellement ?

— Viens quand tu veux.

Avant de rentrer chez lui, il passa devant le magasin où il se servait quelquefois. Il s'acheta des olives vertes, des olives noires, du caciocavallo, du pain frais avec du sésame dessus et un bocal de pesto à la trapanaise.

À Marinella, tandis que les pâtes cuisaient, il prépara la table sur la véranda. La journée, après un peu de valse hésitation, s'était définitivement offerte à un soleil de printemps avancé. Et il n'y avait pas un nuage, pas un filet de vent. Le commissaire égoutta les pâtes, les assaisonna avec le pesto, s'emporta l'assiette au-dehors, commença à manger. Il y avait un type qui marchait au bord de la mer et un instant, il s'arrêta, le regard fixé sur la véranda. Qu'est-ce qu'il y avait d'étrange chez lui pour ce type qui le matait comme s'il était un tableau, une peinture ? Ou bien peut-être qu'une peinture, il l'était vraiment devenu, qu'on aurait pu intituler : « Le repas du retraité solitaire ». La pensée, d'un coup, lui coupa l'appétit. Il continua à manger les pâtes, mais à contrecœur.

Le téléphone sonna. C'était Livia qui lui dit qu'elle était bien arrivée, tout allait bien, elle était en train de nettoyer la maison, elle le rappellerait dans la soirée. Bref coup de fil, mais assez long pour que les pâtes refroidissent.

Il n'eut pas envie de manger encore, il lui était venu un accès d'humeur mauvaise et noire qui ne lui permettait qu'un verre de vin et un peu de pain au sésame. Il s'en coupa un morceau, se le mit en bouche, mastiqua longuement, puis il but une gorgée de vin tandis que, de l'index de la main droite, il cherchait les graines de sésame tombées de la croûte, les pressait entre nappe et doigt et les faisait adhérer, se les portait à la bouche. Le bonheur de manger du pain au sésame consiste principalement dans ce rite.

Il y avait, collé au mur de droite de la véranda, mais du côté extérieur, un buisson sauvage qui avec le temps avait grossi et épaissi au point d'arriver à la hauteur d'une pirsonne assise sur le banc.

Plusieurs fois, Livia avait dit qu'il fallait l'extirper, mais maintenant la chose était devenue passablement difficile, le buisson devait désormais avoir des racines grosses et longues comme celles d'un arbre. Montalbano ne sut pourquoi mais il lui vint une envie soudaine de le couper. Il lui suffit de tourner à peine la tête à droite pour que le buisson entre tout entier dans son champ visuel. La plante sauvage était en train de renaître, au milieu du jaune de la sécheresse pointait çà et là du vert. Presque au sommet, entre deux branchettes brillait au soleil une toile d'araignée argentée. Montalbano était sûr que la veille, elle n'y était pas car Livia s'en serait aperçue et, vu la peur qu'elle avait des araignées, elle l'aurait défaite avec le balai. La toile avait été sûrement tissée durant la nuit.

Le commissaire se leva et alla s'appuyer à la balustrade pour pouvoir la mater de près. C'était une construction géométrique ahurissante.

Fasciné, le commissaire compta une trentaine de fils en cercles concentriques qui formaient des circonférences de plus en plus petites au fur et à mesure qu'elles s'approchaient du centre. La distance d'un fil à l'autre était toujours la même mais elle augmentait, et de beaucoup, dans la zone centrale. En outre, la structure des fils en cercle était comme tenue et scandée par les fils radiaux qui partaient du centre et arrivaient à la circonférence ultime de la toile.

Montalbano estima le nombre des fils radiaux à une vingtaine et la distance entre eux était uniforme. Le centre de la toile d'araignée était constitué par les points de convergence de tous les fils, tenus ensemble par un fil différent des autres, fait en spirale.

La patience qu'il avait fallu à l'araignée !

Parce que, c'était sûr, des obstacles, elle en avait rencontré, un coup de vent qui brisait le fil, un animal qui passait et bougeait une branche… Mais elle, rin, elle avait continué pareil dans sa besogne nocturne, désormais décidée à fabriquer à tout prix sa toile, obstinée, aveugle et sourde à tout stimulus.

Mais où elle était, l'araignée ? Il eut beau s'acharner, le commissaire n'aréussit pas à la voir. Elle était déjà partie, abandonnant tout ? Elle avait été mangée par un autre arnimal ? Ou bien elle restait planquée sous quelque feuille jaune à mater autour d'elle, très attentive, ses yeux disposés en diadème et ses huit pattes prêtes à foncer ?

Tout à coup, la toile commença à vibrer, à trembloter légèrement. Ce n'était pas sous l'effet d'un souffle soudain de vent, passque les feuilles les plus proches, peut-être les plus légères, ne bronchaient pas. Non, c'était un mouvement artificiel, provoqué exprès. Et par qui, sinon par l'araignée elle-même ? Évidemment, l'araignée invisible voulait que la toile fût prise pour querque chose d'autre, un voile de rosée, une vapeur aqueuse et, avec ses pattes, elle bougeait les fils. Un piège.

Montalbano se tourna vers la table, prit un minuscule bout de mie, le déchiqueta en morceaux encore plus petits et les lança vers la toile. Trop légers, ils se dispersèrent en l'air, il n'en resta qu'un seul pris juste dans le fil en spirale du centre, mais il y resta une fraction de seconde, avant il y était et juste après, il n'y était plus, un point gris était parti à une vitesse foudroyante du haut de la toile, où ce truc était caché, et avait englouti la mie de pain, avant de disparaître. Mais plus que la percevoir, le commissaire avait deviné le mouvement. Il resta abasourdi par la rapidité avec laquelle ce point gris avait bougé. Il adécida d'observer mieux l'action de l'araignée. Il prit un autre bout de mie, en fit une boulette un petit peu plus grosse que la précédente, la lança avec précision au centre de la toile qui vibra tout entière. Le point gris fonça de nouveau, arriva au centre, fit disparaître le pain sous son corps, mais ne retourna pas se cacher. Elle resta immobile, absolument visible, au milieu de son admirable construction de géométrie aérienne. À Montalbano, il sembla qu'elle le fixait d'un air triomphant.

Et alors, avec une lenteur de cauchemar, dans un interminable fondu-enchaîné cinématographique, la microtête de l'araignée commença à changer de couleur et de forme, passant du gris au rose, la peau se changeant en cheveux, les yeux passant de huit à deux, jusqu'à représenter un minuscule visage humain qui souriait, satisfait du butin tenu entre ses pattes.

Montalbano fut atterré. Était-il en train de vivre un cauchemar ou avait-il, sans s'en rendre compte, bu trop de vin ? Et tout à coup, il lui revint à l'esprit un passage d'Ovide étudié à l'école, celui de la tisseuse Arachnée changée en araignée par Athéna… Se pouvait-il que le temps se fût mis à courir en arrière, jusqu'à la nuit obscure des mythes ? Il eut une espèce de tournis, de vertige. Heureusement, cette vision monstrueuse dura peu et tout de suite cette image commença de se faire incertaine, la transformation inverse commençait. Mais avant que l'araignée recommence à être araignée, avant qu'elle disparaisse de nouveau entre les feuilles, Montalbano avait eu le temps de reconnaître le visage. Non, ce n'était pas celui d'Arachnée.

Il s'assit sur le banc, ses jambes ne le soutenaient plus, il dut se boire un verre entier de vin pour retrouver un peu de force.

Et il pinsa qu'à cette autre araignée aussi, à celle dont il avait un instant entrevu le visage, l'idée de fabriquer une gigantesque toile était venue sûrement de nuit, une de ses innombrables nuits d'angoisse, de tourment, de colère.

Et avec patience, avec ténacité, avec détermination, sans reculer devant rin, elle l'avait tissée, sa toile. Une prodigieuse figure géométrique, un chef-d'œuvre de logique.

Mais il était impossible que dans cette construction il n'y eût pas d'erreur, même minime, une imperfection à peine visible.

Il se leva, rentra, se mit à chercher une loupe qui devait être querque part. Depuis Sherlock Holmes, un policier n'est pas un vrai policier s'il n'a pas une loupe à portée de main.

Il ouvrit tiroirs grands et petits, sema le désordre partout, il se retrouva entre les mains la lettre d'un ami qui remontait à six mois auparavant et qu'il n'avait pas encore ouverte, l'ouvrit, la lut, apprit que son ami Gaspano était adevenu grand-père (merde ! mais Gaspano et lui, ils avaient le même âge, non ?), chercha encore et puis adécida qu'il était inutile de continuer. Évidemment, il devait en déduire qu'il n'était pas un vrai policier. Élémentaire, mon cher Watson. Il revint sur la véranda, s'appuya à la balustrade, se pencha, buste en avant jusqu'à se coller le nez au centre de la toile d'araignée. Il se recula un peu, craignant que l'araignée, comme la foudre, lui pique le nez, l'ayant pris pour une proie. Il mata avec attention, jusqu'à se faire venir des larmes aux yeux. Non, la toile semblait géométriquement parfaite mais en réalité, elle ne l'était pas. En trois ou quatre points au moins, la distance entre un fil et l'autre n'était pas régulière et deux fils, sur de minuscules distances, zigzaguaient carrément.

Il se sentit rassuré, sourit. Et puis le sourire se changea en rire. La toile d'araignée ! Il n'y avait pas de lieu commun dont on eût davantage usé et abusé, pour parler d'un plan tramé en secret. Mais lui, il l'avait employé. Et le lieu commun avait voulu se venger de son mépris en se concrétisant et en obligeant le commissaire à le prendre en considération.

SEIZE

Deux heures après, il était en voiture sur la route pour Gallotta, les yeux écarquillés passqu'il ne s'arappelait plus du point où il devait tourner. À un certain moment, il revit, à main droite, l'arbre avec le bout de planche coulé sur lequel était écrit, à la peinture rouge, « œufs fré ».

Le chemin qui partait de la route ne conduisait nulle part ailleurs qu'au dé blanc de la bicoque de campagne où il s'était trouvé. Et il finissait là. De loin, il nota que sur l'esplanade devant la maisonnette, une auto était garée. Il se tapa toute la montée du chemin, arrêta sa voiture près de l'autre, descendit.

La porte était fermée, peut-être la petite était-elle en train de s'occuper d'un client venu dans une tout autre intention que d'acheter des œufs.

Il ne frappa pas, adécidant d'attendre de fumer un moment une cigarette appuyé à la voiture. Tandis qu'il jetait le mégot à terre, il lui parut noter querque chose qui apparaissait et disparaissait derrière la minuscule fenêtre à barreaux placée à côté de l'entrée et qui servait à donner de l'air à la pièce quand la porte était fermée : un visage, peut-être. Ensuite la porte s'ouvrit et sortit un quinquagénaire distingué, grassouillet, aux lunettes d'or, rouge poivron de la vergogne. À la main, il tenait son alibi : une boîte d'œufs. Il ouvrit la portière de sa voiture, s'y glissa à l'intérieur, partit à tombeau ouvert. La porte était restée entrouverte.

— Pourquoi vous entrez pas, commissaire ?

Montalbano s'exécuta. La petite était assise sur le canapé-lit dont la couverture était défaite, le coussin tombé sur le carrelage. Elle était en train de se reboutonner la chemise, ses longs cheveux noirs dénoués sur ses épaules, les côtés de la bouche souillés de rouge à lèvres.

— J'ai maté par la fenêtre et je vous reconnus tout de suite. *Mi scusasse un mumentu sulu.* Excusez-moi juste un instant.

Elle se leva pour remettre de l'ordre. Elle était élégante comme la première fois que le commissaire l'avait vue.

— Comment va ton mari ? demanda Montalbano en dialecte, avec un coup d'œil vers la chambre de derrière dont la porte était fermée.

— *Comu voli ça sta, mischinu*, comment vous voulez qu'il aille, le pauvre ?

Et quand elle eut fini de ranger et après s'être nettoyé la bouche avec un mouchoir en papier, elle demanda avec un sourire, toujours en dialecte :

— Je vous prépare un café ?

— Merci. Mais je ne veux pas te déranger.

— Mais c'est quoi, ça, vous rigolez ? Vosseigneurie, on dirait pas un flic. Asseyez-vous, dit-elle en lui tendant une chaise empaillée.

— Merci. Je ne sais pas comment tu t'appelles.

— Angela. Di Bartolomeo Angela.

— Mes collègues t'ont interrogée ?

— *Dutturi miu*, mon cher *dottore*, moi, je fis comme vosseigneurie m'a dit de faire, je me changeai, je m'habillai malement, je déplaçai le lit dans l'autre chambre… Mais il y eut rien à faire. Ils mirent la maison sens dessus dessous, ils cherchèrent même sous le lit où se trouvait *mi maritu*, mon mari, ils me posèrent des questions quatre heures de suite, ils cherchèrent dans le poulailler et me firent échapper les poules, me cassèrent trois paniers d'œufs… et puis, y en avait un, très fils de radasse, pardonnez-moi, que, dès qu'y pouvait et qu'on restait seuls, il s'en aprofitait.

— Comment ça, il s'en aprofitait ?

— Oh que oui, il me touchait la poitrine. Moi, à un certain moment, j'en pouvais plus, je me suis mise à chialer. Moi, j'y répétais que, du mal à la nièce du Dr Mistretta j'aurais jamais pu en faire passque le docteur y nous donne même les médicaments gratis pour mon mari… Rin, y avait pas moyen de discuter.

Le café était excellent.

— Écoute, Angela, j'ai besoin que tu fasses un effort de mémoire.

— Pour vosseigneurie, ce que vous voudrez.

— Tu t'en souviens que tu m'as dis que, après l'enlèvement de Susanna, une nuit, est arrivée une voiture et que tu as pensé que c'était un client ?

— Oh que oui.

— Voilà, maintenant que ça s'est calmé, tu peux repenser avec tranquillité à ce que tu faisais quand tu as entendu le bruit du moteur ?

— Je vous l'ai pas dit ?

— Tu m'as dit que tu t'es levée parce que tu pensais que c'était un client.

— Oh que oui.

— Un client toutefois, qui n'avait pas averti de sa visite.

— Oh que oui.

— Tu t'es levée et qu'est-ce que tu as fait ?

— Je vins là et j'allumai la lampe.

Et voilà le fait nouveau, celui que le commissaire était

venu chercher. Donc, querque chose, elle devait l'avoir vu, pas seulement entendu.

— Arrête-toi là. Quelle lampe ?

— Celle de dehors, celle qu'est au-dessus de la porte et quand il fait noir, elle sert à éclairer toute l'esplanade. Quand mon mari était en bon état, l'été, on y installait la table. L'interrupteur est là, vous le voyez ?

Elle le montrait. C'était sur le mur entre la porte et le fenestron.

— Et ensuite ?

— Après, je matai par la fenêtre qu'était à moitié ouverte. Mais la voiture avait déjà tourné, je la vis de derrière avec du mal.

— Angela, tu t'y connais, toi, en voiture ?

— Moi ?! s'exclama la petite. Jamais de la vie !

— La forme extérieure de cette voiture, tu as réussi à la voir, tu viens juste de me le dire.

— Oh que oui.

— Tu t'en souviens de quelle couleur elle était ?

Angela y pinsa un petit peu.

— Commissaire, je sais pas quoi vous dire. Elle pouvait être bleue, noire, vert sombre… D'une chose, je suis sûre : elle était pas de couleur claire.

Maintenant, venait la question la plus difficile.

Montalbano prit sa respiration et la posa. Et Angela arépondit, un peu surprise de ne pas y avoir pensé avant.

— Oh que oui. Vrai, c'est !

Et juste après, elle eut un visage perplexe, effaré.

— Mais… quel rapport ?

— En fait, il n'y a pas de rapport, s'empressa-t-il de la rassurer. Je te l'ai demandé passque la voiture que je cherche lui ressemble beaucoup.

Il se leva, lui tendit la main.

— Je te dis au revoir.

Angela aussi se leva.

— Vous le voulez, un œuf bien bien frais ?

Et avant que le commissaire puisse lui répondre, elle l'avait retiré d'un panier. Montalbano le prit, le cogna deux fois légèrement sur la table, se le goba. Ça faisait des années qu'il n'avait pas goûté un œuf comme ça.

Sur le chemin du retour, à un croisement, il vit un écriteau qui disait : « Montereale 18 km ». Il tourna et prit cette route. Peut-être était-ce la saveur de l'œuf qui lui faisait revenir à l'esprit qu'il n'avait pas mis le pied dans la boutique de Don Cosimo, une minuscule échoppe où on trouvait encore des choses désormais disparues de Vigàta, comme par exemple des bouquets d'origan, de la pâte de tomates séchées au soleil, et surtout le vinaigre obtenu par fermentation naturelle du vin rouge à haut degré, passqu'il avait vu que dans la bouteille à la cuisine, il en restait à peine deux doigts. Il fallait donc se refournir d'urgence.

Il arriva à Montereale après avoir mis un temps incroyable ; la route, il se l'était faite au pas, un peu passqu'il pinsait aux implications de ce qui lui avait été confirmé par Angela et un peu passqu'il lui plaisait de savourer ce paysage neuf. Devant le village, quand il voulut prendre la ruelle qui menait à la boutique, il s'aperçut qu'elle s'ornait d'un panneau de sens interdit. Une nouveauté, avant il n'y avait jamais rien eu de ce genre. Cela devrait donc le contraindre à faire tout un long détour. Il se rangea au bord de la chaussée, coupa le moteur, ouvrit la portière et vit devant lui un garde municipal en uniforme.

— Ici, vous ne pouvez pas vous garer.

— Non ? Et pourquoi ?

— Vous la voyez pas, la pancarte, là ? Stationnement interdit.

Le commissaire regarda autour de lui. Sur la placette se trouvaient trois voitures : un quatre-quatre, une fourgon et une camionnette.

— Et ces véhicules ?

Le garde prit une expression sévère.

— Ceux-là, ils sont autorisés.

Mais pourquoi maintenant, chaque village, même s'il n'avait pas deux cents habitants, se prenait au strict minimum pour la Nouvelle York et fixait des règles très compliquées qui changeaient tous les quinze jours ?

— Écoutez, dit le commissaire, conciliant. Il s'agit d'un arrêt de quelques minutes. Je dois aller au magasin de Don Cosimo pour acheter…

— Vous ne pouvez pas.

— C'est interdit aussi d'aller au magasin de Don Cosimo ? demanda Montalbano, complètement pris par les Turcs.

— Ce n'est pas interdit, dit le garde. Le fait est que le magasin est fermé.

— Et quand est-ce qu'il ouvre ?

— Je pense pas qu'il ouvre jamais plus. Don Cosimo est mort.

— Seigneur ! Et quand ça ?

— Vous êtes un parent ?

— Non, mais…

— Pourquoi vous vous étonnez tant ? Don Cosimo, Dieu ait son âme, avait quatre-vingt-quinze ans. Et y a trois mois, il mourut.

Montalbano démarra en jurant. Pour sortir du pays, il dut se taper une espèce de parcours labyrinthique qui, à un certain moment, lui fit venir les nerfs. Il retrouva son calme quand il commença de suivre la route du littoral qui le ramenait à Marinella. Tout à coup, il lui revint à l'esprit que Mimì Augello, quand il lui avait communiqué que la maréchaussée avait atrouvé le sac à dos de Susanna, avait spécifié que ledit sac à dos était derrière la pierre qui signalait le kilomètre 4 de la route qu'il était en train de suivre. Il y était presque. Il ralentit, alla s'arrêter juste au point indiqué par Mimì. Il descendit.

Pas de maisons en vue dans les environs. À main droite, des touffes d'herbe sauvage et puis explosait la plage jaune d'or fin qui était la même que celle de Marinella. Et plus loin encore, la mer qui battait avec un souffle paresseux, pressentant déjà le coucher de soleil. À main gauche, en revanche, courait un haut mur, interrompu par un grand portail de fer forgé, grand ouvert, et duquel partait une route goudronnée qui s'enfonçait dans une véritable forêt très bien entretenue en direction d'une invisible villa. À côté du portail, il y avait une énorme plaque de bronze avec une inscription en relief.

Montalbano n'eut pas besoin de traverser la route pour aller lire ce qui était écrit.

Il remonta en voiture et repartit.

Que disait souvent Adelina? « *L'omu è sceccu di consiguenza.* » Comme un âne qui fait toujours la même route et qui s'y habitue, ainsi l'homme est porté à faire toujours le même parcours, les mêmes gestes sans y réfléchir, par habitude.

Mais ce qu'il venait juste de découvrir par hasard et ce que lui avait dit Angela, est-ce que ça pouvait constituer une preuve ?

Non, conclut-il, absolument pas. Mais des confirmations, oui, c'en était.

À sept heures et demie, il alluma le téléviseur pour entendre le premier journal.

On annonça qu'il n'y avait aucune nouveauté dans l'enquête, que Susanna n'était pas encore en mesure de collaborer avec les enquêteurs et qu'on prévoyait une foule énorme aux funérailles de la pauvre Mme Mistretta malgré le fait que la famille eût fait savoir qu'elle ne voulait absolument personne ni à l'église ni au cimetière. En marge, on dit aussi que l'ingénieur Perruzzo s'était rendu injoignable pour échapper à une arrestation imminente. Mais la nouvelle n'était pas confirmée officiellement. Le journal de l'autre chaîne, à huit heures, répéta la même chose mais dans un ordre différent : d'abord la nouvelle de la disparition de l'ingénieur et ensuite le fait que la famille voulait un enterrement privé. Personne ne pouvait entrer dans l'église, personne ne pouvait accéder au cimetière.

Le téléphone sonna à l'instant où il sortait pour aller à la trattoria. L'appétit lui était venu, à midi, il n'avait pratiquement rien mangé et l'œuf frais d'Angela lui avait servi d'apéritif.

— Commissaire ? Ici… ici Francesco.

Il ne l'areconnut pas, c'était une voix rauque, hésitante.

— Francesco qui ? demanda-t-il, mauvais.

— Francesco Li… Lipari.

Le fiancé de Susanna. Et pourquoi parlait-il comme ça ?

— Qu'est-ce qui se passe ?

— Susanna…

Il s'interrompit. Montalbano l'entendit clairement se moucher. Il pleurait.

— Susanna m'a dit… dit…

— Tu l'as vue ?

— Non. Mais elle a fi… fini par me répondre au téléphone.

Et cette fois, les sanglots arrivaient.

— Excu… excu… excusez-moi.

— Calme-toi, Francesco. Tu veux venir chez moi ?

— Non, mer… ci. Je suis pas… J'ai b… bu. Elle m'a dit qu'elle ne… qu'elle ne veut plus me voir.

Montalbano se sentit pétrifié, peut-être pire que Francesco. Qu'est-ce que ça voulait dire ? Que Susanna avait un autre homme ? Et si elle avait un autre homme, tous ses raisonnements, toutes ses suppositions tournaient en eau de boudin. Ce n'étaient que les vaines et ridicules fantasmagories d'un vieux commissaire qui commençait à n'avoir plus toute sa tête.

— Elle est amoureuse d'un autre ?

— Pire.

— Comment ça, pire ?

— Il n'y a... personne d'autre. C'est un vœu, une décision même qu'elle a prise quand elle était prisonnière.

— Elle est très croyante ?

— Non. C'est une promesse qu'elle s'est faite à elle-même... si elle parvenait à être libérée à temps pour revoir sa mère encore vivante... d'ici un mois maximum, elle part. Et elle me parlait comme si elle était déjà partie, loin...

— Elle t'a dit où elle va ?

— En Afrique. Elle re... renonce à étudier, elle renonce à se marier, à avoir des enfants, elle re... renonce à tout.

— Mais qu'est-ce qu'elle va faire ?

— Se rendre utile. Elle m'a dit exactement comme ça : « Je vais me rendre enfin utile. » Elle part avec une ONG. Et vous savez quoi, les démarches pour partir, elle les avait déjà faites, il y a deux mois, sans me le dire. Elle était avec moi et pendant ce temps, elle pensait à me quitter pour toujours. Mais qu'est-ce qui lui a pris ?

Il n'y avait donc pas d'autre homme. Et tout collait de nouveau. Encore plus qu'avant.

— Tu penses qu'elle pourra changer d'idée ?

— Non, commissaire. Si vous aviez entendu sa voix... Et puis, moi, je la connais bien, quand elle a pris une dé... une décision... Mais pour l'amour de Dieu, qu'est-ce que ça signifie, commissaire ? Qu'est-ce que ça signifie ?

La dernière question fut un cri. Montalbano savait très bien, désormais, ce que ça signifiait, mais il ne pouvait pas répondre à Francesco. Ça aurait été trop compliqué et surtout, trop incroyable. Mais pour lui, Montalbano, tout était adevenu plus simple. La balance, qui avait été longtemps en équilibre, avait maintenant penché avec force d'un côté. Ce que venait de lui dire Francesco lui confirmait l'opportunité de son prochain mouvement. Qui devait être fait tout de suite.

Mais avant de bouger, il devait mettre Livia au courant. Il posa la main sur le téléphone, mais ne souleva pas le combiné. Il avait encore besoin de parler avec lui-même. Ce que, d'ici peu, il allait faire – se dit-il –, est-ce que cela ne signifiait pas, en quelque manière, qu'arrivé à la fin de sa carrière, ou presque, il allait, aux yeux de ses supérieurs, aux yeux même de la loi, renier les principes auxquels il avait obéi ? Mais lui, ces principes, est-ce qu'il les avait *toujours* respectés ? Est-ce qu'une fois Livia ne l'avait pas âprement accusé d'agir comme un dieu mineur, un petit dieu qui se plaisait à altérer les faits ou à les disposer différemment ? Livia se trompait, il n'était pas un dieu, absolument pas. Il n'était qu'un homme avec des critères personnels de jugement sur ce qui était juste et sur ce qui ne l'était pas. Et certaines fois, ce qu'il estimait juste ne l'était pas pour la justice. Et vice versa. Alors, est-ce qu'il valait mieux être d'accord avec la justice, celle qui était consignée dans les livres, ou bien avec sa propre conscience ?

Non, Livia ne comprendrait peut-être pas et peut-être qu'elle parviendrait à le pousser, en parlant, à la conclusion opposée à celle à laquelle elle voulait arriver.

Mieux valait lui écrire. Il prit une feuille de papier et un stylo et commença :

Livia, ma chérie,

et ne réussit pas à continuer. Il arracha la feuille et en prit une autre.

Ma Livia adorée,

et de nouveau, il fut bloqué. Il prit une troisième feuille.

Livia,

et le stylo refusa d'aller plus loin.

Non, ça marchait pas. Il lui raconterait tout de vive voix, quand ils se reverraient, en la regardant dans les yeux.

Cette décision prise, il se sentit reposé, serein, délivré. Un moment, se dit-il. Ces trois adjectifs, « reposé, serein, délivré », ne sont pas de toi, tu es en train de citer. Oui, mais quoi ? Il se creusa le ciboulot, la tête entre les mains. Puis, grâce à sa mémoire visuelle, il agit à coup sûr. Il se leva, debout devant la bibliothèque, il prit le *Conseil d'Égypte* de Leonardo Sciascia, le feuilleta. Voilà, page 122 de la première édition de 1966, cette page d'un livre qu'il avait lu à seize ans, un livre qu'il avait toujours emporté pour le relire de temps en temps.

C'était la page extraordinaire où l'abbé Vella prend la décision de révéler à Monseigneur Airoldi un fait qui bouleversera son existence, à savoir que le code arabe était une imposture, un faux fabriqué par lui. Mais avant d'aller chez Monseigneur Airoldi, l'abbé Vella prend un bain et se boit un café. Lui aussi, Montalbano, se trouvait à la croisée des chemins.

En souriant, il se déshabilla et se glissa sous la douche. Il se changea de pied en cap, caleçon compris. Pour l'occasion qui se présentait, il se choisit une cravate sérieuse. Ensuite, il se fit un café, le but avec plaisir. Et cette fois, les trois adjectifs « reposé, serein, délivré », lui appartenaient complètement. Mais il lui en manquait un qui n'était pas dans le livre de Sciascia : rassasié.

— Qu'est-ce que je peux vous servir, *dottore* ?

— Tout.

Ils rirent.

Hors-d'œuvre de la mer, soupe de poisson, un petit poulpe bouilli assaisonné à l'huile et au citron, quatre rougets (deux frits et deux au four), deux bons petits verres d'une liqueur de mandarine d'un degré alcoolique explosif, orgueil et fierté du restaurateur Enzo. Qui félicita le commissaire.

— Je vois que vous avez retrouvé la forme.

— Merci. Tu veux me faire un plaisir, Enzo ? Tu me cherches sur l'annuaire le numéro du Dr Mistretta et tu me l'écris ?

Tandis qu'Enzo besognait pour lui, il se but un troisième petit verre en toute tranquillité. Le patron revint, lui tendit un bout de papier.

— Au pays, on raconte des choses sur le *dutturi*, le docteur.

— C'est quoi ?

— Que ce matin, il est allé chez le notaire pour les démarches pour faire don de la villa où il habite. Il s'en va à habiter avec son frère, le géologue, maintenant qu'il reste veuf.

— À qui il en fait don, de sa villa ?

— Bof, il paraît à un orphelinat de Montelusa.

Du téléphone de la trattoria, il appela d'abord le cabinet puis le domicile du Dr Mistretta. Personne n'arépondit. À coup sûr, le médecin était chez son frère pour la veillée funèbre. Et tout aussi sûrement, dans la villa de ce dernier, il n'y avait que la famille, sans policiers ni journalistes. Il fit le numéro. Le téléphone sonna longtemps avant que le récepteur soit soulevé.

— Allô.

— Montalbano, je suis. C'est vous, docteur ?

— Oui.

— Je dois vous parler.

— Écoutez, demain après-midi, nous pourrions…

— Non.

La voix du docteur se troubla.

— Vous voudriez me rencontrer tout de suite ?

— Oui.

Avant de recommencer à parler, le médecin laissa passer quelques instants.

— Bon, d'accord, même si je trouve votre insistance inconvenante. Vous le savez que demain, il y a l'enterrement ?

— Oui.

— Ce sera long ?

— Je ne peux pas vous le dire.

— Où voulez-vous que nous nous voyions ?

— Je suis là dans une vingtaine de minutes maximum.

En sortant de la trattoria, il remarqua que le temps avait changé. Des nuages chargés d'eau arrivaient du côté de la mer.

DERNIER CHAPITRE

La villa, vue de dehors, était dans l'obscurité complète, une masse noire contre le ciel noir de nuit et de nuages. Le Dr Mistretta avait ouvert le portail et se trouvait là, dans l'attente de l'arrivée de la voiture du commissaire. Montalbano entra, se gara et ferma le portail. D'une seule fenêtre aux volets ouverts filtrait une faible lumière, c'était celle de la morte que son mari et sa fille veillaient. Une des deux portes-fenêtres du salon était fermée, l'autre ouverte mais la lumière qui s'en échappait jusque dans le jardin était faible, car le lustre du plafond était éteint.

— Entrez, je vous prie.

— Je préfère rester dehors. S'il se met à pleuvoir, on entrera, dit le commissaire.

En silence, ils rejoignirent le banc de bois, s'assirent comme la fois précédente. Montalbano sortit un paquet de cigarettes.

— Vous en voulez une ?

— Non, merci. J'ai décidé de ne plus fumer.

Visiblement, à cause de l'enlèvement, l'oncle avait, aussi bien que la nièce, fait un vœu.

— Qu'est-ce que vous aviez de si urgent à me dire ?

— Votre frère et Susanna, ils sont où ?

— Dans la chambre de ma belle-sœur.

Qui sait, peut-être avaient-ils ouvert la fenêtre pour aérer la chambre. Qui sait s'il y avait encore cette effrayante, cette insupportable puanteur de médicaments et de maladie.

— Ils savent que je suis ici ?

— Je l'ai dit à Susanna. Pas à mon frère.

De combien d'autres faits était-il encore tenu dans l'ignorance, le pauvre géologue ?

— Alors, vous voulez me dire ?

— Je dois éclaircir un point, d'abord. Je ne suis pas ici ès qualités. Mais je peux l'être si je veux.

— Je n'ai pas compris.

— Vous allez comprendre. Cela dépend de vos réponses.

— Alors, décidez-vous à me poser des questions.

Et c'était là le tracassin. La première question était comme un premier pas sur une route sans retour. Il ferma les yeux, de toute façon l'autre ne pouvait pas le voir, et commença.

— Vous avez un patient qui vit dans une bicoque sur la route pour Gallotta, un type qui, à la suite d'un accident de tracteur…

— Oui.

— Vous connaissez la clinique « Le Bon Pasteur », qui est à quatre kilomètres d'ici…

— Quelle question ! Bien sûr que je la connais. J'y vais souvent. Et alors ? Vous voulez faire la liste de mes patients ?

Non. Pas de liste des patients. « L'omu è sceccu di consiguenza. *» Et toi, cette nuit-là, dedans ton tout-terrain, tout ému de ce que t'es en train de faire, le cœur battant la chamade, toi qui dois laisser le casque et le sac à dos en deux points différents, quelles routes tu prends, sinon celles que tu connais ? Il te semble que* *c'est pas toi qui conduis la voiture, mais que c'est la voiture qui te conduit…*

— Je voulais simplement vous faire remarquer que le casque de Susanna a été retrouvé sur le chemin qui mène à la maison d'un de vos clients tandis que le sac à dos a été découvert presque devant le portail de la clinique du « Bon Pasteur ». Vous le saviez ?

— Oui.

Sainte Mère, quel faux pas ! Il l'aurait jamais espéré.

— Et comment l'avez-vous su ?

— Par les journaux, la télévision, je ne me souviens pas.

— Impossible. Journaux et télévisions n'ont jamais parlé de ces découvertes. Nous avons réussi à ne rien laisser filtrer.

— Attendez, maintenant, je me le rappelle, c'est vous qui me l'avez dit, quand nous étions assis ici, sur ce banc !

— Non, docteur. Moi, je vous ai dit que ces objets avaient été retrouvés, mais je ne vous ai pas dit où. Et vous savez pourquoi ? Parce que vous, vous ne me l'avez pas demandé.

Et là était l'accroc qu'il avait alors senti comme une espèce de malaise et qu'il n'avait pas su sur le moment s'expliquer. Une question qu'il aurait été naturel, alors, de poser, et qui ne l'avait pas été. Qui faisait carrément dérailler l'histoire, comme une ligne sautée dans une page. Alors que même Livia lui avait demandé où il avait retrouvé le livre de Simenon ! Et cette omission était due au fait que le docteur savait très bien où casque et sac à dos avaient été abandonnés.

— Mais… mais, commissaire ! Il peut y avoir des dizaines d'explications sur le fait que je ne vous ai pas demandé où ! Vous vous rendez compte de l'état d'esprit dans lequel je me trouvais ? Vous voulez construire va savoir quoi sur une espèce de fil très faible…

— … un fil de toile d'araignée, vous voulez dire ? Vous ne savez pas à quel point votre métaphore est adaptée. Pensez que ma construction repose, reposait, initialement, sur un fil encore plus faible…

— Si vous l'admettez vous-même…

— Oui. Cela concerne le comportement de votre nièce. Une chose que m'a dite Francesco, son ex-fiancé. Vous savez que Susanna l'a quitté ?

— Oui. Elle m'en avait déjà parlé.

— C'est un sujet délicat. Je l'affronte avec une certaine réticence mais…

— Mais vous devez faire votre métier.

— Et vous croyez que si j'étais en train de faire mon métier, je me comporterais de cette manière ? La phrase que je voulais dire se terminait ainsi : mais je veux connaître la vérité.

Le médecin ne répliqua pas.

Et à ce moment, une silhouette de femme se profila sur le seuil de la porte-fenêtre, avança d'un pas, s'arrêta.

Seigneur, mais le cauchemar revenait ! C'était une tête sans corps, les longs cheveux blonds, suspendus en l'air ! Très précisément comme il l'avait vue au centre de la toile d'araignée ! Mais tout de suite, il comprit que Susanna était vêtue de noir, en grand deuil et la robe se fondait dans la nuit.

La petite se remit à marcher, se dirigea vers eux, s'assit sur le banc. Là, la lumière arrivait, les cheveux seuls se laissaient deviner, un point à peine moins dense de l'obscurité. Elle ne dit pas bonsoir. Et Montalbano adécida de poursuivre comme si elle n'était pas là.

— Comme il arrive entre fiancés, Susanna et Francesco avaient des rapports intimes.

Le médecin s'agita, mal à l'aise.

— Mais vous n'avez aucun droit de… Et puis, quelle importance cela a-t-il pour vos enquêtes ? demanda-t-il, irrité.

— Cela a de l'importance. Voyez-vous, Francesco m'a dit que c'était toujours lui qui demandait, vous comprenez ? Et au contraire, dans l'après-midi du jour où elle a été enlevée, ce fut elle à prendre l'initiative.

— Commissaire, sincèrement, je ne comprends pas ce que vient faire là le comportement sexuel de ma nièce. Je me demande si vous délirez ou si vous êtes conscient de ce que vous dites. Je vous demande encore : quelle importance cela a-t-il ?

— C'est important. Francesco, quand il me l'a raconté, a dit que peut-être Susanna avait eu un pressentiment… Mais moi, je ne crois pas aux pressentiments, c'était autre chose.

— C'était quoi, d'après vous ? demanda le médecin, sarcastique.

— Un adieu.

Comment avait dit Livia la veille de son départ ? « Ce sont les dernières heures que nous passons ensemble. Et je n'ai pas l'intention de les gâcher. » Elle avait voulu faire l'amour. Et dire qu'il s'agissait d'une brève séparation, entre eux deux. Et si, en fait, il s'était agi d'un adieu long, définitif ? Passqu'il y avait déjà dans la tête de Susanna la conclusion que son projet, qu'il réussisse ou pas, comportait inévitablement la fin de leur amour. Que tel était le prix, infiniment élevé, à payer.

— Parce que cela faisait deux mois qu'elle avait posé sa demande pour partir en Afrique. Deux mois. Sûrement, depuis qu'il lui est venu en tête une autre idée.

— Mais quelle idée ? Écoutez, commissaire, vous ne trouvez pas que vous êtes en train d'abuser de…

— Je vous avertis, dit le commissaire, glacial. Vous vous trompez tant dans les questions que dans les réponses. Moi, je suis venu ici vous parler à cœur ouvert, vous exprimer mes soupçons… ou plutôt non, mes espoirs.

Pourquoi avait-il utilisé ce mot, « espoirs » ? Passque c'était ce qui avait fait pencher la balance d'un côté, en faveur de Susanna. Passque c'était ce mot qui l'avait définitivement pirsuadé.

Ce mot déstabilisa complètement le médecin qui ne fut capable de rin dire. Et dans le silence, dans l'ombre, pour la première fois, arriva la voix de la petite, une voix hésitante mais comme chargée d'espoir, justement, d'être comprise jusqu'aux racines du cœur.

— Vous avez dit… espoir ?

— Oui. Qu'une extrême capacité de haïr veuille vraiment se transformer en capacité extrême d'aimer.

Depuis le banc où était assise la petite, on entendit une espèce de sanglot, tout de suite bloqué. Montalbano s'alluma une cigarette, vit, à la lumière du briquet, que la main lui tremblait légèrement.

— Vous en voulez une ? demanda-t-il au médecin.

— Je vous ai déjà dit non.

Ils étaient fermes dans leurs décisions, les Mistretta. Tant mieux.

— Je sais qu'il n'y a eu aucun enlèvement. Ce soir-là, Susanna, pour rentrer chez elle, a pris une route différente, la draille très peu fréquentée, où l'attendait son oncle avec le quatre-quatre. Elle a laissé la motocyclette, est montée en voiture, s'est recroquevillée à l'arrière. Vous vous êtes dirigés vers la villa du docteur. Là, dans le bâtiment à côté de la maison, vous aviez depuis longtemps tout préparé : les provisions, un lit. La femme de ménage n'avait aucune raison d'y mettre les pieds. Et puis, à qui serait venu à l'esprit de chercher chez son oncle une jeune fille enlevée ? Et là, vous avez enregistré les messages ; au passage, vous, docteur, en contrefaisant votre voix, vous avez parlé de milliards, c'est difficile à un certain âge de s'habituer aux euros. Là, vous avez pris la photo au Polaroïd et au verso, vous avez écrit cette phrase en vous efforçant de rendre compréhensible votre calligraphie qui est, comme toutes celles des médecins, illisible. Je ne suis jamais entré dans ce bâtiment, docteur, mais je pourrais vous dire avec certitude qu'il y a un deuxième poste installé récemment...

— Comment pouvez-vous le dire ? demanda Carlo Mistretta.

— Je le sais parce que vous avez eu un véritable coup de génie pour détourner de vous d'éventuels soupçons. Vous avez saisi l'occasion au vol. Susanna, ayant su que je serais venu dans sa villa, a fait l'appel avec le message enregistré, celui qui donnait le montant de la rançon, pendant que je me trouvais à parler avec vous. Mais moi, j'ai entendu, et je ne l'ai pas tout de suite compris, le son que fait un deuxième poste quand on soulève le combiné. Mais du reste, ce n'est pas difficile d'avoir une confirmation, il suffira de demander aux télécoms. Et cela pourrait devenir une preuve, docteur. Je continue ?

— Oui.

Mais c'était Susanna qui avait répondu.

— Je sais aussi, parce que c'est vous, docteur, qui me l'avez dit, que dans ce bâtiment existe un pressoir abandonné. Et à côté du pressoir, il doit y avoir forcément une salle où se trouve la cuve pour la fermentation du moût. Et je suis prêt à parier que cette salle est munie d'une fenêtre. Que vous, docteur, vous avez ouverte pour prendre la photo, étant donné qu'il faisait jour. Vous avez utilisé aussi, pour mieux éclairer l'intérieur de la cuve, une lampe de garagiste. Mais vous avez négligé un détail dans cette mise en scène par ailleurs soignée et convaincante.

— Un détail ?

— Oui, docteur. Sur la photo Polaroïd, juste sur le bord du bassin, apparaît une espèce de fente. J'ai fait agrandir ce détail. Ce n'est pas une fente.

— Qu'est-ce que c'est ?

Il sentit que Susanna aussi avait été sur le point

de poser la question. Ils ne se rendaient toujours pas compte de l'erreur commise. Il devina le mouvement de la tête du médecin vers Susanna, le point d'interrogation qui devait se trouver dans ses yeux, mais qu'il ne pouvait voir.

— C'est un vieux thermomètre à moût. Méconnaissable, recouvert de toiles d'araignée, incrusté dans le mur, fondu presque avec lui. Et donc invisible à vos yeux. Mais il était là, il est encore là. Et ça, c'est la preuve décisive. Il suffirait que je me lève, que j'entre dans la villa, que je décroche le téléphone, que je fasse venir deux de mes hommes pour vous surveiller, que j'appelle le magistrat pour avoir l'autorisation et que j'aille perquisitionner dans votre villa, docteur.

— Ça serait un beau pas en avant dans votre carrière, dit Mistretta, narquois.

— Encore une fois, vous vous trompez sur toute la ligne. Ma carrière n'a plus de pas à faire ni en avant ni en arrière. Ce que j'essaie de faire, je le fais pour elle.

— Vous le faites pour moi ?

La voix de Susanna était comme émerveillée.

Oui, pour toi. Passque je suis resté fasciné par la qualité, par l'intensité, par la pureté de ton sentiment de haine, j'ai été saisi par la férocité de ce qui a pu te passer par la tête, par la froideur et le courage et la patience avec lesquels tu as réalisé ce que tu voulais, avec lesquels tu as tenu compte du prix qu'il y aurait à payer et tu t'es sentie prête à le payer. Et je l'ai aussi fait peut-être pour moi, passqu'il n'est pas juste qu'il y ait toujours quelqu'un qui souffre et quelqu'un qui jouisse au prix de la souffrance de l'autre et avec l'accord de la prétendue Loi. Est-ce qu'un homme, arrivé en fin de carrière, peut se rebeller contre un état des choses qu'il a contribué à maintenir ?

Et comme le commissaire ne répondait pas, la petite dit une chose qui n'était même pas une question.

— L'infirmière m'a dit que vous avez voulu voir maman.

J'ai voulu la voir, oui. La voir dans son lit, détruite, un corps qui n'en était plus un mais presque une chose, une chose pourtant qui se plaignait, qui souffrait horriblement... J'ai voulu voir, mais alors, je ne le comprenais pas clairement, l'endroit où ta haine a commencé à prendre racine, à grandir, irrésistible, tandis qu'augmentait sans cesse dans la chambre la puanteur des médicaments, des excréments, de la sueur, de la maladie, du vomi, du pus, de la gangrène qui avait dévasté le cœur de cette chose qui se trouvait dedans le lit, la haine dont tu as contaminé qui t'était le plus proche... Non, ton père n'a jamais rien su, il n'a jamais su que tout cela était une comédie, il a souffert mille morts de ce qui semblait un vrai enlèvement... Mais ça aussi, c'était le prix à payer et à faire payer, passque la haine véritable, comme l'amour, ne s'arrête même pas devant le désespoir et les larmes des innocents.

— Je voulais me rendre compte.

Ça tonnait du côté de la mer. Les éclairs étaient loin, mais l'eau approchait.

— Parce que l'idée de se venger de l'oncle ingénieur a commencé à prendre corps là-dedans, durant une de ces terribles nuits qu'elle passait à soigner sa mère. Pas vrai, Susanna ? D'abord, ça a dû vous paraître un effet de la fatigue, du découragement, du désespoir mais cette idée était toujours plus difficile à effacer. Et alors, presque pour tromper le temps, vous avez commencé à réfléchir à la manière de la réaliser, cette idée fixe. Vous avez dressé un plan, nuit après nuit. Et demandé à son oncle de vous aider parce que...

Arrête-toi. Ce, parce que tu ne peux pas le dire. Il t'est venu en tête en cet instant précis, tu devrais y réfléchir avant de...

— Dites-le, articula à voix basse mais ferme le docteur.

Parce que Susanna avait compris que depuis toujours, j'étais amoureux de Giulia. Un amour sans espoir, mais qui m'a empêché d'avoir une vie à moi.

— Et donc, vous, docteur, vous avez collaboré avec ardeur à la destruction de l'image de l'ingénieur Perruzzo. Avec une parfaite maîtrise de l'opinion publique. Et le coup de grâce a été la substitution de la valise avec l'argent par le sac plein de papier déchiré.

Des gouttes commençaient à tomber. Montalbano se leva.

— Mais avant de m'en aller, pour ma conscience…

La voix qui lui était venue était trop solennelle, mais il n'aréussit pas à la changer.

— Pour ma conscience, je ne puis permettre que ces six milliards restent…

— Entre nos mains ? termina Susanna. L'argent n'est déjà plus là. Nous n'avons même pas gardé l'argent qui fut prêté à maman et qui ne lui fut jamais rendu. L'oncle Carlo s'en est occupé, avec l'aide d'un de ses clients qui ne parlera jamais. L'argent a été divisé et une grande partie déjà transférée à l'étranger. Je crois qu'il est en train d'arriver, anonymement, à une cinquantaine d'associations humanitaires. Si vous voulez, je vais à la maison et je vous fais voir la liste.

— Bien, dit le commissaire. Moi, je m'en vais.

Il entrevit le docteur et la petite qui, eux aussi, se levaient.

— Vous viendrez demain à l'enterrement ? demanda Susanna. J'aimerais que…

— Non, dit le commissaire. Je souhaite seulement que vous, Susanna, vous ne trahissiez pas mes espoirs.

Il comprit qu'il prononçait des mots de vieux, mais cette fois, il s'en foutait.

— Bonne chance, dit-il à voix basse.

Il leur tourna le dos, gagna la voiture, ouvrit, démarra, partit mais devant le portail, il dut s'arrêter. Il vit arriver la petite sous la pluie à présent battante, ses cheveux parurent prendre feu quand ils reçurent la lumière des phares. Elle ouvrit le portail sans se tourner pour le regarder. Et lui non plus ne tourna pas la tête.

Sur la route pour Marinella, l'eau se mit à tomber en cascades. À un certain moment, il dut s'arrêter parce que les essuie-glaces n'y arrivaient plus. Puis, ça finit, d'un coup. Entré dans la salle à manger, il s'aperçut qu'il avait laissé la porte-fenêtre de la véranda ouverte et que le carrelage s'était trempé. Il dut se mettre à essuyer. Il alluma les lumières au-dehors et sortit. La pluie violente avait emporté la toile d'araignée, les branches étaient très propres, l'eau gouttait.

NOTE

Ceci est un roman radicalement inventé, du moins je l'espère.

Et donc, les noms et prénoms des personnages, les noms d'entreprises et de sociétés, les situations, les événements du livre n'ont pas de rapport avec la réalité.

Si quelqu'un devait trouver un quelconque rapport avec des faits réellement survenus, je puis assurer que ce n'était pas intentionnel.

A.C.

Imprimé à Barcelone par:

CPi
BLACK PRINT

POCKET – 12, avenue d'Italie
75627 Paris – Cedex 13

Dépôt légal : janvier 2012
S17629/01